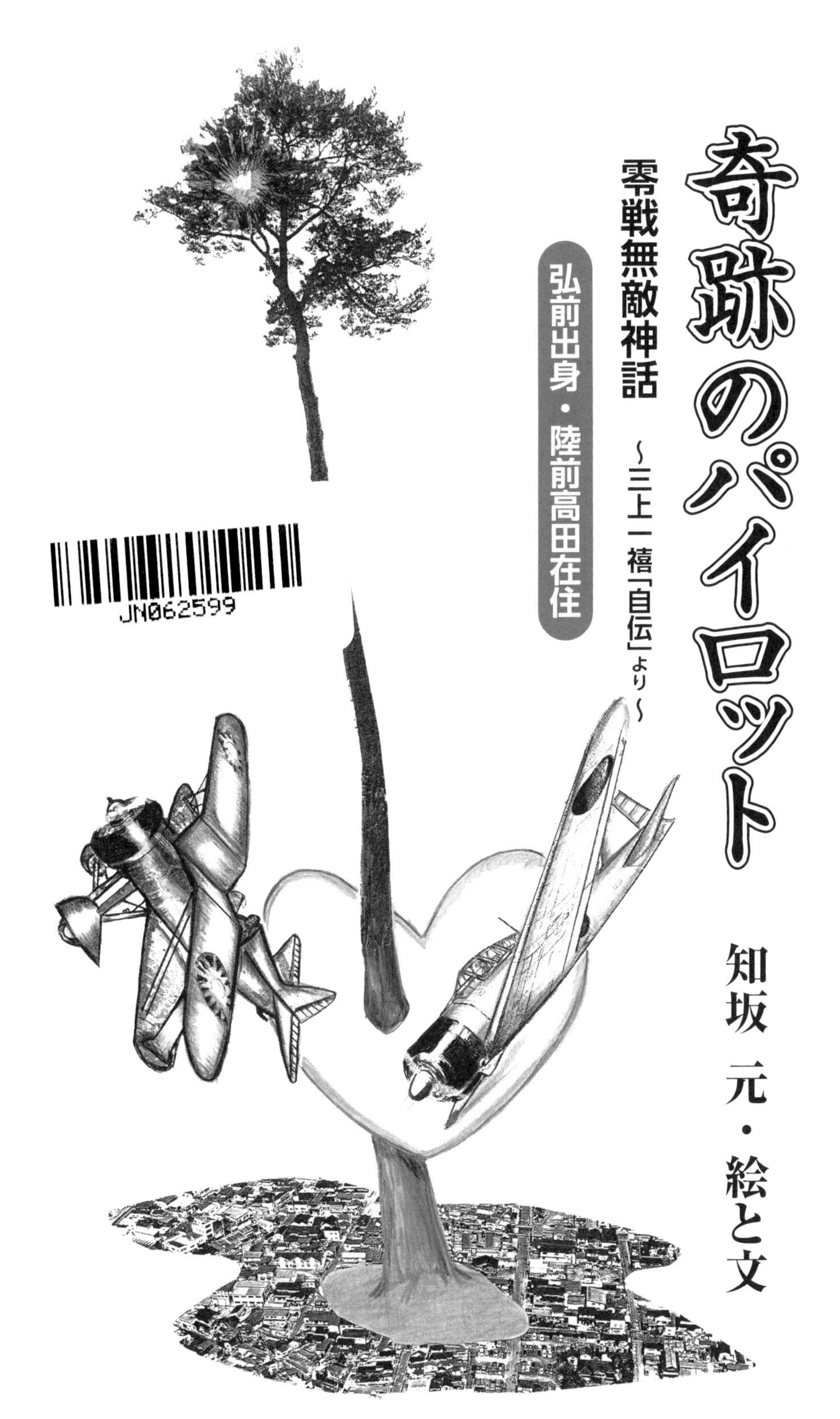

奇跡のパイロット

零戦無敵神話

～三上一禧「自伝」より～

弘前出身・陸前高田在住

知坂　元・絵と文

プロローグ

奇跡の一本松を
ごぞんじですね!?
岩手県**陸前高田市**の
高田松原は
七万本もの松が並ぶ
景勝地でした。

しかし
東日本大震災で
巨大津波の
直撃を受け
ほとんどの松の木が
なぎたおされて
しまいました。

ところが
ひときわ背の高い
一本の松が
巨大津波に耐え
立ったまま残り——
その不屈の姿は
苦難に立ち向かう
人々への
何よりの励ましと
なりました。

あの日
東日本太平洋沿岸の街は
想像を絶する
巨大津波におそわれ
たくさんの人々が
亡くなりました。

陸前高田市の
三上一禧（みかみかつよし）さんは
九死（きゅうし）に一生（いっしょう）
巨大津波をのがれ

今も
陸前高田市で
暮らしています。

実は
三上一禧さんは
青森県弘前市
生まれ。

弘前の小・中学校で
学んだあと
零戦（通称**ゼロ戦**）という
飛行機の
パイロットに
なりました。

13機の零戦が
初めて外国の
飛行機と戦った日、
三上さんも
そのメンバーの一人でした。

三上さんが先頭になり
外国機の大群に
突進すると
仲間たちが
つぎつぎあとに
続きました。

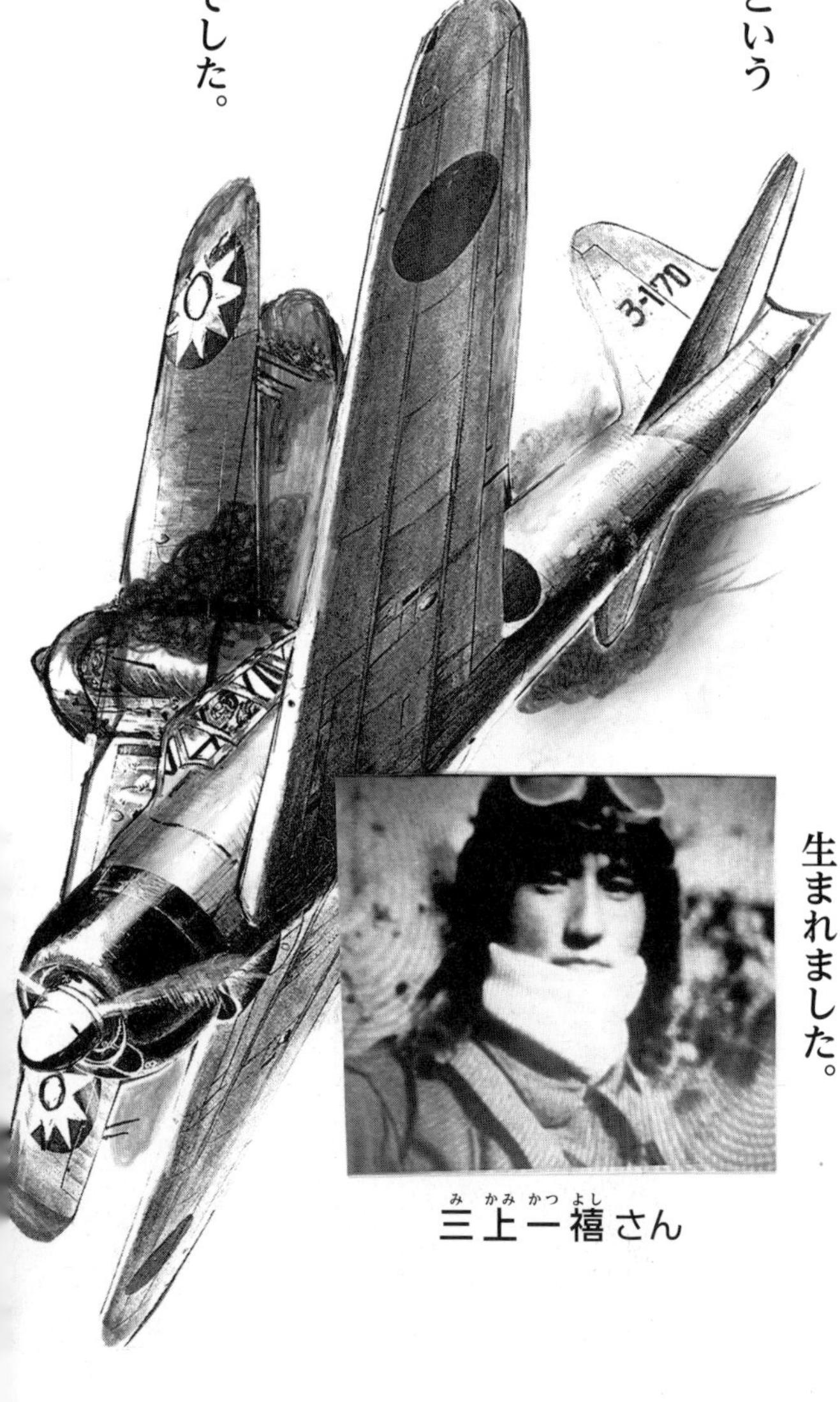

外国機27機が墜落しましたが
13機の零戦は
1機も墜とされませんでした。
日本の零戦は
無敵だという
「零戦無敵神話」が
生まれました。

三上一禧さん

長くたいへんな戦争が続き
たくさんの人が
亡くなりました。

三上さんは
「戦争は
ぜったいいけない！」
「個人的に
なんのうらみもない
人間同士が殺し合う
戦争は
おろかなこと」
「二度と
くり返しては
ならない！」
強くそう思いました。

そこで
戦争が終わると
次の時代をになう
子どもたちを
りっぱに育てようと
決意。

子どもたちが明るく
しっかり勉強
できるよう
学習のお手伝いをする
教材の会社をつくり
お仕事を
続けて
きました。

三上さんは
現在103歳。

あの日
13機の零戦に
乗っていた
仲間12人は既に
亡くなりましたが、
ひとり
三上さんは
がんばって
生き抜いて
きました。

あの戦争…
東日本大震災…
日本史上最悪と
言われる困難を
乗り越えてきました。

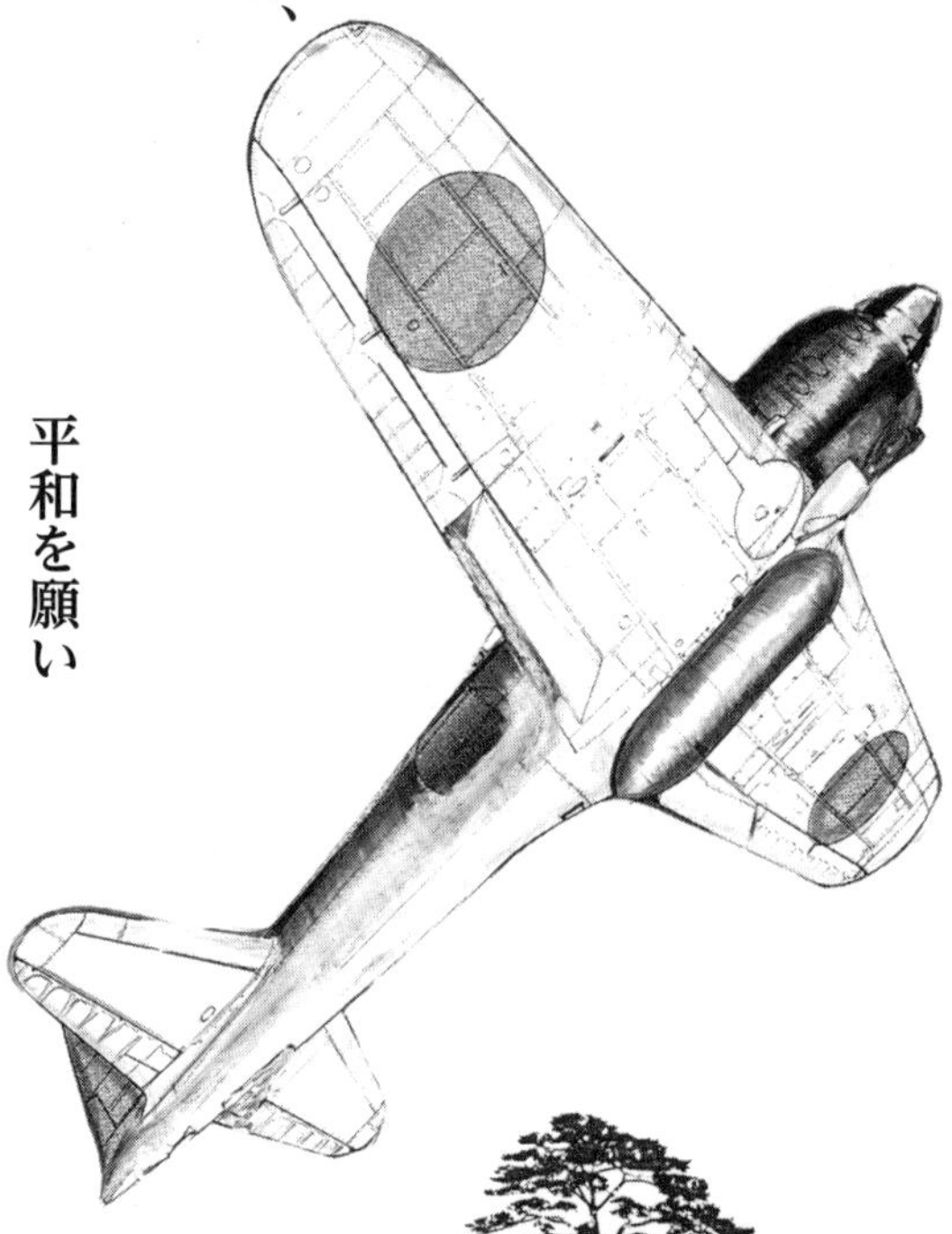

平和を願い
たくましく
生きる
三上さんの姿は
まさに
奇跡の一本松、
「奇跡のパイロット」
です。

三上さんが
お書きになった
「自伝」を
弘前に送って
いただきました。
志(こころざし)を持って
たくましく生きる
三上さんの姿を
少しでも
多くの皆さんに
知ってほしいと願い
「自伝」を
短くまとめ
この本を作りました。

1917（大正6）年　5月11日
　青森県弘前市生まれ
1929（昭和4）年　弘前中学校入学
1934（昭和9）年　横須賀海兵団入団
1937（昭和12）年　第三十七期操縦練習生
1940（昭和15）年　9月13日　重慶
　零戦初空戦参加
1942（昭和17）年　疲労のため静養
1945（昭和20）年　三沢転属中終戦となる
1953（昭和28）年　結婚
1958（昭和33）年　陸前高田市へ転居
　三上教材社設立
1998（平成10）年　かつての中国軍パイロット
　徐華江氏と再会（東京）
1999（平成11）年　台湾にて徐華江氏と面会
2011（平成23）年　東日本大震災により
　社屋流失
2020（令和2）年　現在103歳

　三上さんが生まれた大正時代は、飛行機を見たことがない人がほとんどでした。しかし弘前では、演習、見せ物、さらに学校で飛行機が飛ぶようすを見学させたため、たくさんの子どもたちが飛行機にあこがれを持ちました。

　三上さんもその一人でしたが、夢で終わらせることなく、自己研鑽を重ね、日本を代表する零戦のパイロットになりました。

　三上さんが歩んだ道はけっして用意された栄光の道ではありません。三上さんは「なにごとも一寸先は闇、それゆえ人は努力をおこたってはいけない」と、おごりや油断をいましめ、戦争・東日本大震災を乗り越えて生きてきました。

大正時代、弘前市土手町上空を飛翔する飛行機
「ふるさとのあゆみ　弘前1」より

もくじ

三上さんが所持していた写真・戦闘記録・資料などは2011年の東日本大震災の津波でほとんど流失してしまいました。そのため本文中のさし絵などはすべてイメージです。ご了承ください。

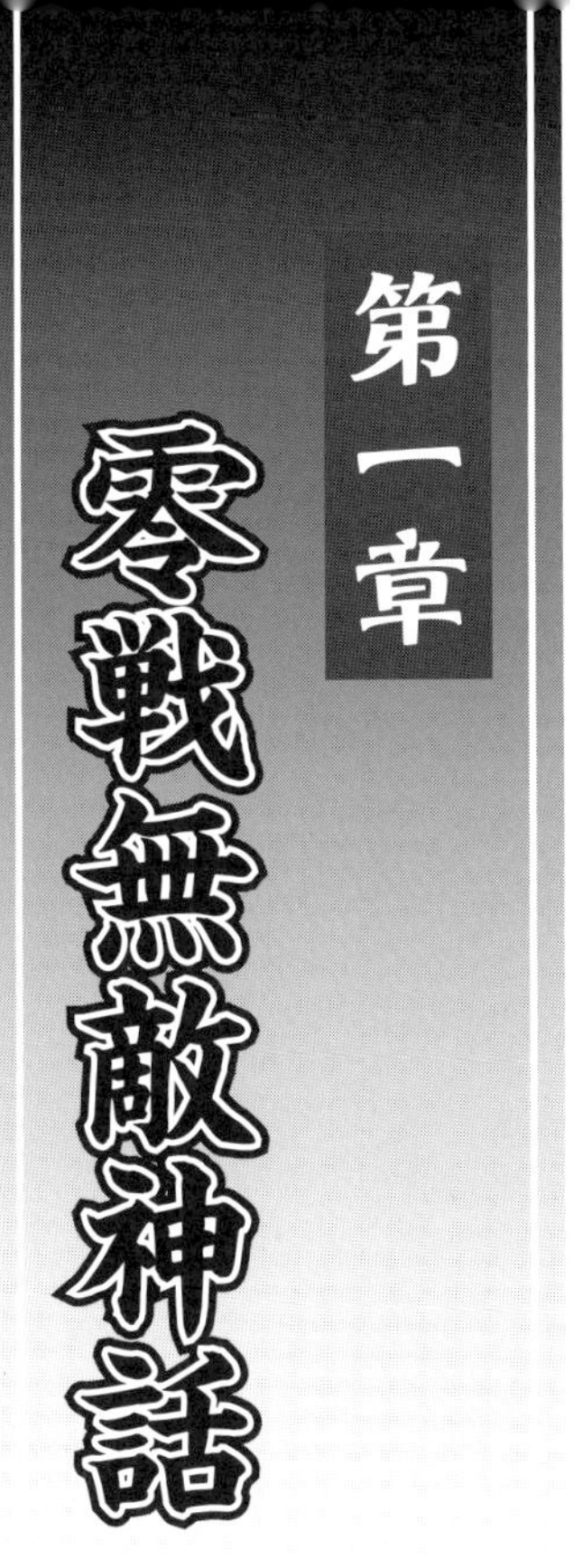

第一章 零戦無敵神話

1 大空にあこがれて

私、三上一禧（みかみかつよし）は
1917（大正6）年
5月11日
青森県弘前市で
生まれました。
岩木山を見ながら
弘前の
小学校、中学校で
学びました。

県立弘前中学校在学5年1学期当時

その頃の弘前公園には
もうたくさんの桜が
植えられていて、
春になると
おまつりが
にぎやかでした。

私は
子どもの頃から
飛行機が
大好きだったので、
中学校の卒業を
待ちきれず
パイロットをめざし
上京しました。

私の父は
小学校の校長先生
でした。
私がパイロットに
なることには
猛反対でした。

そこで私は
父に無断で
印鑑（いんかん）を持ち出し
書類にハンコを押し
海軍に進むよう
手続きをすませて
しまいました。

2 最初は一般水兵

1934（昭和9）年6月より

海軍四等水兵として
横須賀海兵団（よこすかかいへいだん）（神奈川）の
門をくぐりました。
身のひきしまる思い
でした。

あんなに
反対していた
父ですが、
付き添いで横須賀まで
一緒に来てくれました。
パイロットになることを
いろんな人に
相談してみましたが、
かなり難しいと言われ、
まずは一般水兵として
海軍にはいりました。

極度の
緊張感に
おそわれました。
自分でも
どうしようもない
ほどの
不安と動揺で
スタートしました。

〔日 課〕

総員起こし	4時45分	授業・訓練	13時15分
起床	5時	教練体育	15時10分
釣床（ハンモック）収入	5時1分	入浴	15時30分
洗面	5時5分	夕食	17時
朝掃除	5時35分	軍歌	17時45分
朝食	6時15分	釣床（ハンモック）卸（おろ）シ	18時30分
温習（おんしゅう）（おさらい）	6時55分	温習	18時35分
授業・訓練	7時55分	夜掃除	20時40分
昼食	11時45分	巡検	20時55分
銃器手入	12時45分		

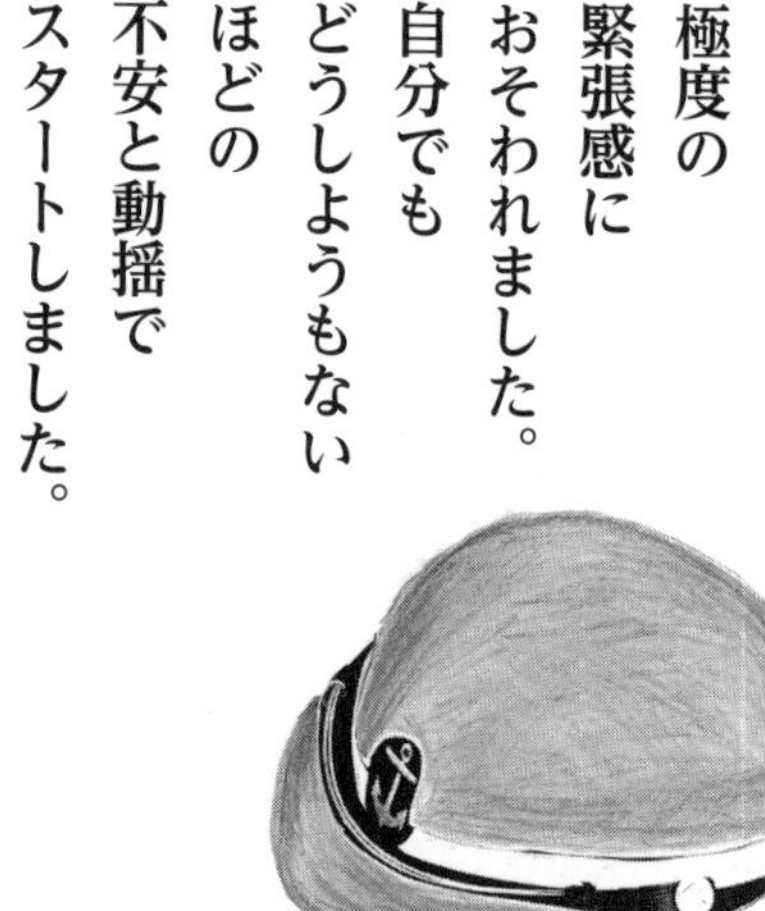

ところが
まわりを見ると
全国から集まった
若者が
皆堂々とした
顔つきで
てきぱき行動して
います。

これはいかん
負けてはいかん
自分もやれるはずだと
鼓舞（こぶ）し
勇気だけを
たよりに
訓練に取り組みました。

3 整備員の補助から始まる

1934（昭和9）年11月より

半年程の初歩教程を
終了し、
館山海軍航空隊（千葉）へと
移り、
整備員の補助の
仕事をしました。

朝から夜まで
めまぐるしく
動き回る
下積みの
仕事です。

あわただしく
きびしい
生活の中で

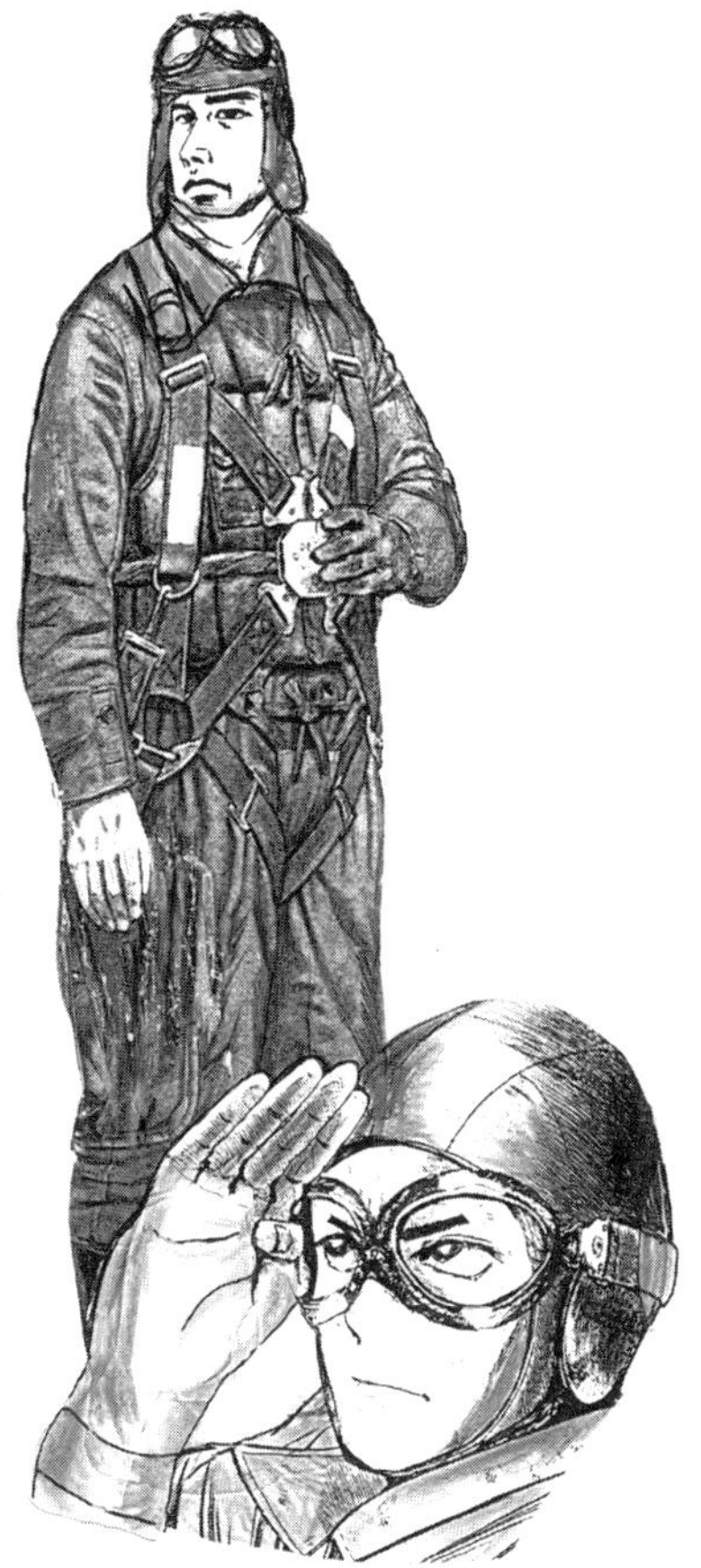

自分の腕だけを
頼りに生きる
戦闘機パイロットに
なりたいという
強烈な思いが
はぐくまれました。

まず
航空兵器の勉強を
しようと
第三期普通科
兵器練習生となり
大湊海軍航空隊（青森）への
配属が
決まりました。

4 人を頼らず鍛錬

1936（昭和11）年11月より

パイロットになるという
夢に近づくべく
戦闘機部隊のある
大湊海軍航空隊での
勤務が始まりました。

ふるさと青森での
勤務ということで
少し安心する
気持ちもありました。

大湊
弘前
陸前高田

しかしここでの勤務は
館山より数段
きびしいものでした。

三式初歩練習機

兵器を扱うための
専門知識、技術、
射撃訓練。
機銃や兵器の整備が
すべて自分自身の
管理下におかれ、
常に万全の整備が
求められます。
その多忙さといったら
類のないものでした。

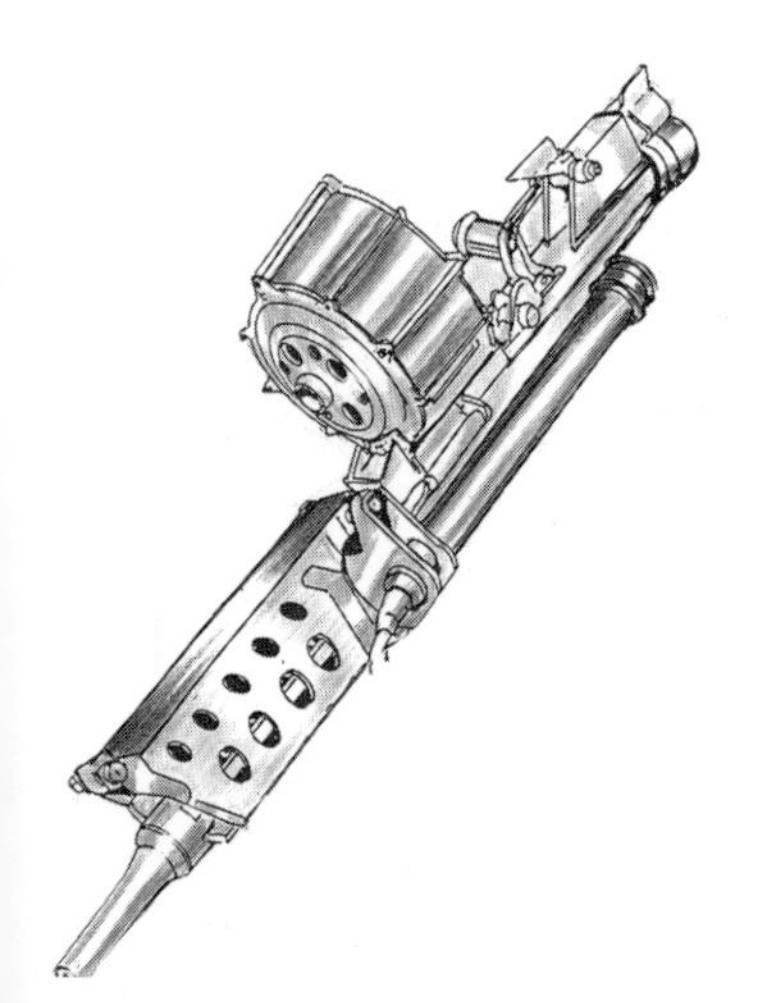

しかし
私はいつも
自分から進んで
労力を
提供しました。

人手の足りない
所には
わが身が
よじれるほど
時間も
体力も
惜しまず
献身しました。

たとえば
九〇式戦闘機の
エンジンの始動。
これは一人では無理で、
たいへんな力を要する
難作業です。
エンジンがかからないと
何回でも、かかるまで
やり直さなければ
なりません。

誰もがいやがり、要領よく
逃げるヤツが出るほどの
苦難作業です。
しかし誰かがやらないと
エンジンは動きません。
私の仕事ではないのですが、
いつも必ず
自分から進んで
参加・協力しました。

無心になり、
私欲を捨て
体力・労力
力の限り
提供し尽くし、
終わるとへとへと
でした。

航空隊の仕事を
はなれた活動でも
常に積極的に
参加しました。

すると
自分でも
信じられないほどの
力を発揮する
ことができました。
自分でも
驚きでした。

隊内の運動会、
武道大会、野球、
テニス、スキーなどなど
地区の大会に参加し、

代表となり
おおいに
気迫を示し
大湊海軍航空隊の名を
強烈に
発信しました。

パイロットとして
大空にあがれば
頼れるものは自分しか
ありません。
私の心の中はひたすら
パイロットになることで、

その目標達成のために、
常に人を頼らず
自分を鍛え、
全身全霊を
傾(かたむ)けました。

ところがある夜――
私は突然、
航空隊責任者
伊藤大尉より
呼び出しを
受けました。

責任者からの
呼び出しとは
よほどのことが
ない限り
あり得ないことです。

驚きました。

そしてこれまでの
自分の生活・勤務の
ミスを思い返して
みました。

あっ!!
そう言えば…
祖父が病気となった時、
一度故郷に帰りましたが、
不覚にも列車の
乗り換えを間違えて
帰隊が一日
遅れてしまった
ことがあります。
しまったという
自分を責める思いが
ふつふつと
わきあがりました。

帰隊日時違反は
重大な規律違反です。
その処罰（しょばつ）に
ちがいありません。

おそるおそる
ドアをノックし
覚悟（かくご）を決めました。

重苦しい雰囲気
心臓が破裂（はれつ）しそ
うでした。

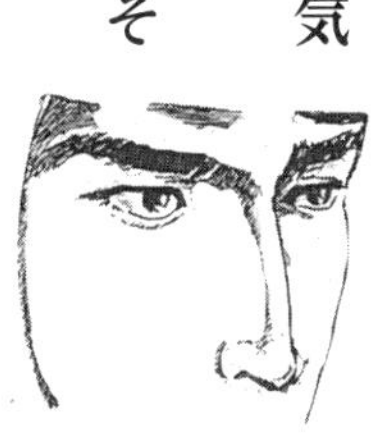

伊藤大尉の口が
動きました。
「パイロットになる
意志はないか!?」

「えっ!?」
何を言われたのか
一瞬とまどいましたが

「私の希望の
第一であります。」

そう答えると
伊藤大尉は強い
口調で言いました。
「よし、
それでは
操縦練習生を
志望しなさい。」

驚きと喜びが交錯し、
私はとまどいました。
上司は
すべて見ていて
くださったのです。
整備作業でのがんばり、
行事への積極的参加、

そしてなにより
私のパイロットへの願望を
見抜いていて
くださったのです。

この時の喜びは
生涯忘れられません。
自分の人生の先に
光が見えたのです。

たくさんの仲間から
祝福を受け
私は大湊をあとにし
霞ケ浦（茨城）へ
向かうことに
なりました。

5 緊張の日々 希望の日々
1937（昭和12）年より

夢叶(かな)い
第三十七期操縦練習生
として
霞ヶ浦航空隊（茨城）に
入隊しました。

「初飛行の時にはとても
感動しました」と言い
たいのですが、
喜び・感激
どころでは
ありませんでした。

三式初歩練習機で
訓練開始です。
前席に教官がすわり、
生徒の私が
後席に乗り込むと
整備員が腰バンド、
肩バンドをぎゅっと
しめてくれます。
とても
きゅうくつです。

エンジンが始動し、
うなりをあげます。

ものすごい爆音と振動。
顔にあたる強い風圧。
ガタガタと
ひどくゆれながら
滑走路を進みます。
エンジン音がひときわ高くなり
離陸開始。
ものすごい力で
体が後方に
押しつけられます。

経験したことのない
猛スピード。
と、突然
ガタガタが消え、
ふわあと
空に浮きます。
生涯最高の瞬間なので
しょうが、
それどころでは
ありません。

飛行機が宙返りをした
時には、もうダメだと
思ってしまいました。

明日から自分は
やっていけるのだろう
かという
不安ばかりでした。

連日きびしい訓練が
続きましたが、
体験することすべてが
新鮮でとても
やりがいのある
ことばかりでした。

好きで選んだ
道であるうえ、
海鷲（海軍航空兵）になる
という自分の
希望に
むかって
努力する
日々は、
充実の日々でも
ありました。

九三式中間練習機

教官との同乗飛行から
一人で操縦桿を握る
単独飛行となり、
訓練機も
三式初歩練習機から
九三式中間練習機（いわゆる
赤とんぼ）へと
進みました。

晴れて
霞ヶ浦第三十七期
操縦練習生の
難関を突破、
パイロットの資格を
得ることができました。

これにまさる喜びは
ありません。

操縦練習生は
少数精鋭主義のため
うまくいかないと
すぐクビになり、
荷物をまとめて
出ていかなければ
なりません。

ともに門をくぐった
多くの仲間が
無念の涙をのみ
去っていきました。

彼らの心中を察し
奮起しました。

飛行機には、爆撃機（ばくげきき）、雷撃機（らいげきき）、
偵察機（ていさつき）、戦闘機（せんとうき）など
さまざまあります。

機種選択の時期となり、
私は迷うことなく、
自分一人の力で
切り開いていける
戦闘機を選択しました。

6 実戦訓練の日々

1938（昭和13）年2月より

戦闘機
実戦訓練が
スタートしました。

佐伯(さえき)航空隊（大分）が
ある場所は、
佐伯湾にのぞみ
後方は山岳地帯。

気流が悪く
風向・風速
変化はげしい

初心者には
むずかしい
地形です。

幾人(いくにん)もの先輩が
殉職(じゅんしょく)していると
聞かされました。

飛ぶことが
楽しくなるのは
まだまだ先のこと、
その頃は
悲壮(ひそう)な決意
あるのみでした。

九〇式戦闘機で
訓練がはじまり
ました。

馬力といい
エンジン音といい、
今までとはケタ違いの
迫力とスピード！

霞ヶ浦の練習機
「赤とんぼ」と
全然ちがい、
熊蜂の
ようでした。

まずは
「離着陸飛行」です。
飛び上がったのは
いいけれど
着陸がうまく
いきません。
一回、二回と
着陸地点を
オーバーし
やり直し
です。

三回目も
オーバーしましたが
どうにか接地、
着陸し
ほっとしました。
指揮官に
報告に
行きました。

指揮官は
進藤三郎大尉。

のちに
零戦無敵神話が
生まれた空中戦で
私の隊長をつとめる
名パイロットです。

進藤大尉は
「機首下げ過ぎで
速力が
残るためだ」
と一言。

それを聞き、
私はハッと
しました。

瞬発開眼！

以後は別人のごとく
完璧な着陸が
できるように
なりました。

瞬時に見抜く
進藤大尉の眼力！

さすがと
うなるしか
ありませんでした。

離着陸基本訓練が
終了すると
「編隊飛行訓練(へんたいひこうくんれん)」
となりました。

一番の目的は
「相互信頼
チームの和」
です。

リーダー機の
細かい動きに対し
密着したまま
あとに続きます。

いかなる場合も
全幅(ぜんぷく)の信頼をもって
従います。

この訓練をくり返す中で
一人一人の飛行技術も
向上していきました。

戦闘機練習班は
わずか5名ですが、
お互いの信頼・技術が
つちかわれていくのが
わかります。

編隊訓練に続き
次の課題
「単機空戦（たんきくうせん）」へと
進みました。

敵の飛行機に
出会った時、
追いはらったり

九〇式戦闘機

機銃（きじゅう）を
撃（う）ち合い
相手を
撃墜する
技術を学ぶ
訓練です。

戦闘機らしい
訓練です。

佐伯湾上空で
待機、
まずは
曳航標的機（えいこうひょうてきき）が引く
吹き流し（ふきながし）に
向けて、
射撃を
おこなうのです。

隊長大木芳男（おおきよしお）機に
続き、
5名が単縦陣（たんじゅうじん）
（たて一列）となり、
一機ずつ
突入します。

吹き流し

曳航標的機

私は
2番機でした。
大木隊長に続き
夢中で
突撃しました。

射撃は一瞬です。

ダダダダダンと
射撃をおこなうと
吹き流しをかわし
上空に昇ります。

発射即回避(そくかいひ)
すべてが一瞬でした。

私に続き
3番機　武本正実(たけもとまさみ)
4番機　中納勝次郎(なかのかつじろう)
と突撃し、
5番機　田中勇一(たなかゆういち)
です。

射撃を終えた
われわれは
上空待機で
田中機を
見守り
ました。

ところが
思わぬことが
おこります。

田中機はくるりと
反転急降下（はんてんきゅうこうか）！
ぐんぐん
吹き流しに迫り
射撃即上昇
するつもりが
――

うわぁ！

なんと吹き流しの
ひもをかわしきれず
そのままひもが
機体にからみつきました。
「脱出しろ！」
皆、自分の機から
さけびましたが
田中機は
海中に
突入！

大きな
水しぶきを
あげました。
あっという間
でした。
同期の
若桜
佐伯湾に
散りました。

同期を一名
失いながらも
飛行訓練は
先に進みます。

次の日は
空中戦訓練
でした。

山田教官と
われらが同期
武本正実
一対一の対決
です。

エンジンが
うなりをあげ
上となり
下となり
たがいに
秘術を
尽くします。

と、
なんということか！
またもや
信じられぬことが
おこりました。

突然空中に
黒いものが
飛び散ったのです。
機体の破片
です！

二機が接触したのです。
パラシュートが
ひとつ開き…
武本です。

山田教官は――
そのまま飛行機と
運命をともにしました。

連日の惨事！
飛行機乗りは、いつも
死がとなりあわせに
あることを実感しました。

不幸で悲しい
出来事が続きました。
しかし
とどまるわけには
いきません。
佐伯飛行訓練の
最後は
「九州一周飛行」
です。

佐伯を出発、
南下し鹿屋（鹿児島）へ、
そこから北上し
大村（長崎）から
雁巣（福岡）、
行橋（福岡）を
経て帰隊する
コースです。

ところがここで
またもや予期せぬ
事態となります。

最後尾を飛ぶ
中納機が突然
姿を消したのです。
北部山岳地帯です。

教官機を先頭に反転、
山岳地帯の中に
不時着機を発見！
機体は使用不能でしたが、
中納は
顔に負傷をおった程度で
車で救出、
列車で佐伯に
帰りました。
命を失わなかった
ことが不幸中の
幸いでした。

飛行訓練を
重ねるにつれ
自信も
うまれてきますが、
おごりや油断も
見えかくれします。

空の世界は
常に真剣勝負です。
心のすきや迷いは
最悪の事態に
直結します。

同期の田中勇一を
佐伯の海に失い
武本正実の
空中事故で
山田教官は殉職（じゅんしょく）
中納勝次郎は
飛行機を失い
顔に傷が残りました。

ふだんは「飛行機で
死ねるなら本望（ほんもう）だ」と
強がりを言って
笑っていますが、
いざこれほど
事故が続くと
次は自分の番かと
思う気持ちが
わいてきます。
操縦桿を握り
空に上がれば
死はすぐそこに
あるのです。

夜、
酒を口にする
こともありました。

厳しい訓練のあとで
つい泥酔(でいすい)し

下宿に帰ると
二階の部屋まで
下宿のおばあちゃんの
支えで
やっとこ
たどりつく
ありさまです。

私を寝かせ
階段をおりていく
おばあちゃんの
姿が
自分の母親に
見えて
しまいます。

ふとんの上で
涙したこと
二度や三度では
ありません。

故郷弘前の
両親が
やたら
なつかしい夜です。

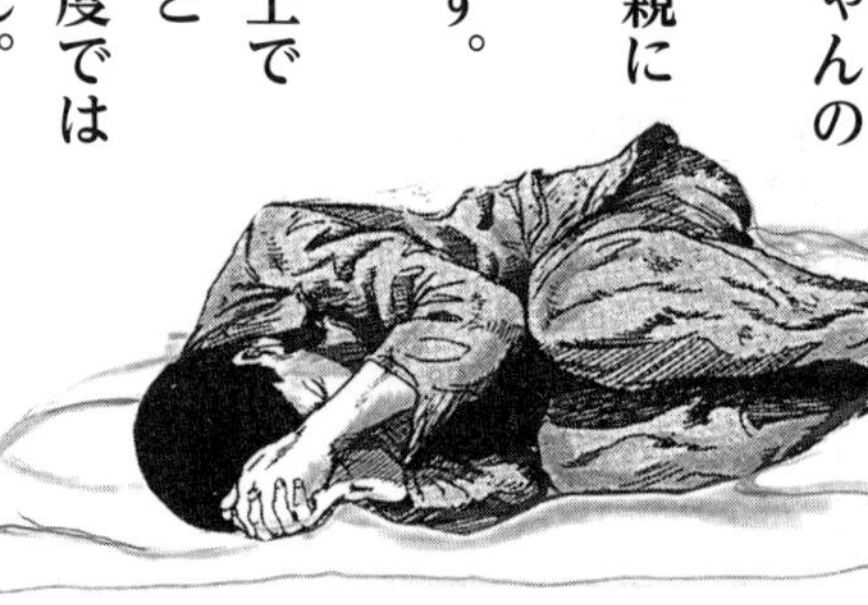

われら軍人の行動は
極秘(ごくひ)のうちに進められます。

命令が出て
佐伯と別れ
次の勤務地に
移る時にも、
このおばあちゃんが一人
佐伯駅で涙し
私の無事を祈り
見送ってくれました。

涙の光景が
今も深く
心に生き続けて
います。

7 中国への出撃

1938（昭和13）年8月より

第十四海軍航空隊は
鹿屋基地（鹿児島）に
誕生した新部隊です。

ほとんどが初顔で、
選抜された
パイロット、整備員が
日々訓練に
明け暮れました。

その後
大陸に移動し、
十四空の本拠地は
南シナ海に浮かぶ
三灶島となりましたが、
まだ基地造営中で、
中国軍の空襲を
受けました。

私たちも
連日
対岸の
中国本土空襲に
出撃し、

出撃のない日は
基地で猛訓練を
続けました。

初めて
中国空襲に
出撃した時の
緊張は
尋常(じんじょう)では
ありません
でした。

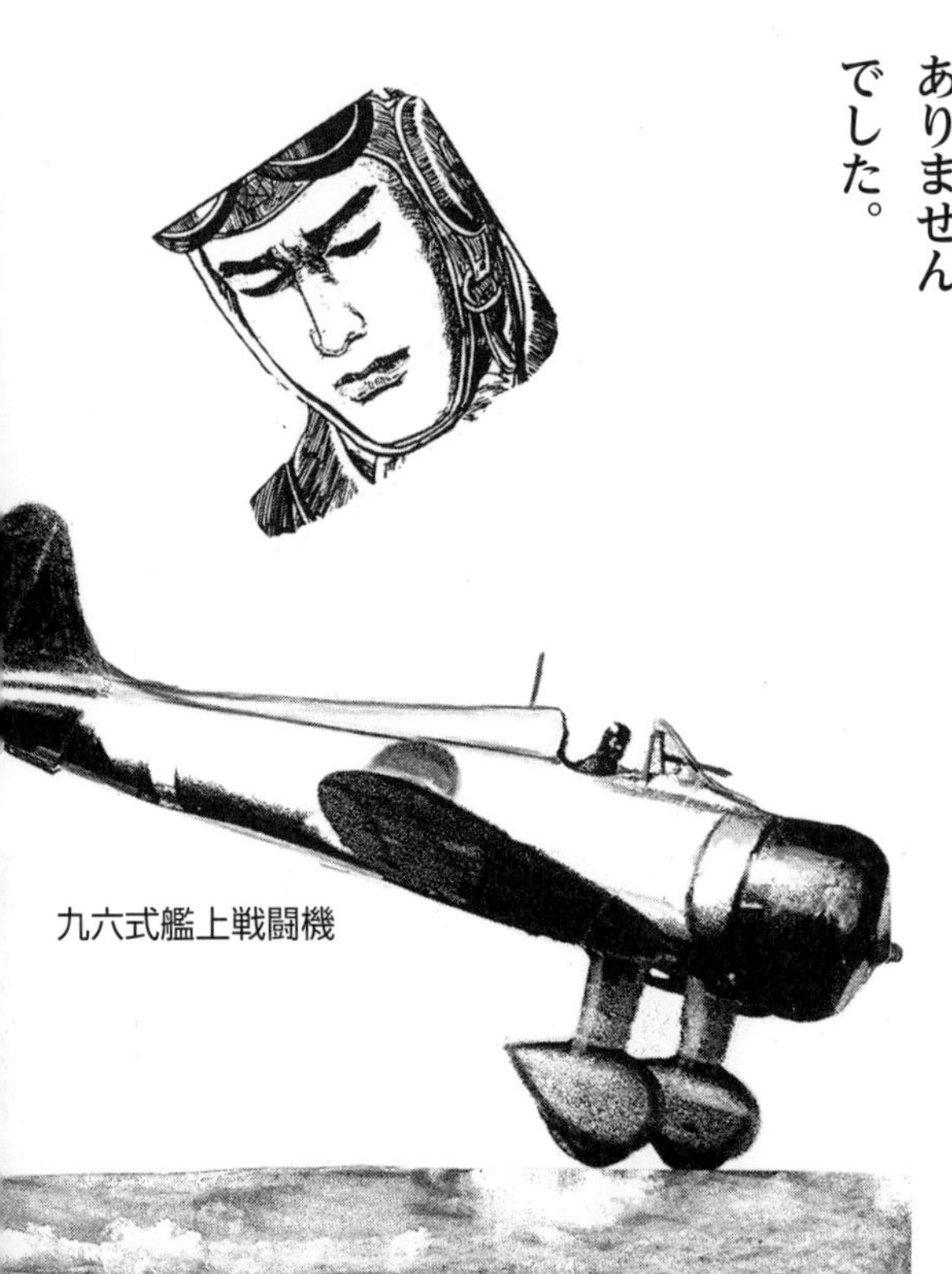

九六式艦上戦闘機

海岸線の白浪が見え、
中国本土が
眼下に迫るや
操縦席で一人
ガタガタと
身震(みぶる)いが
止まりませんでした。

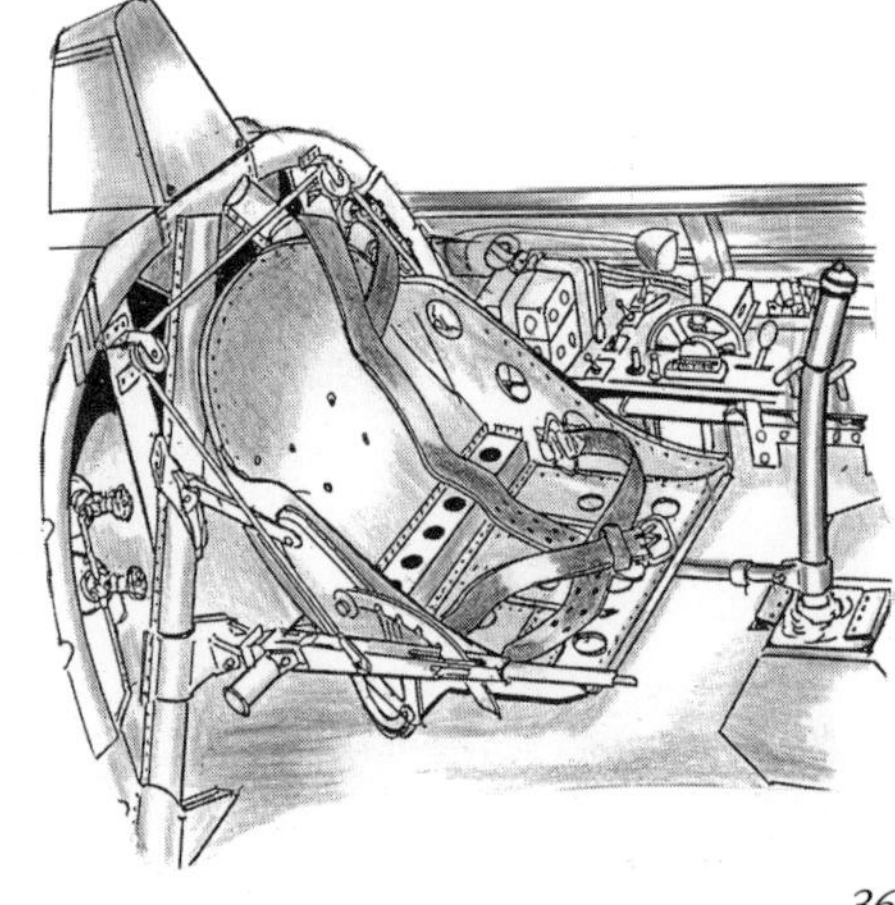

しかし
慣れというのは
おそろしいもので
日々、出撃をくり返すなかで
しだいに肝(きも)がすわり
平常心で操縦桿を
握れるように
なっていきました。

空襲・出撃のない日、
戦闘機隊全員による
勝ち抜き空中戦が
おこなわれました。

私は空中戦・射撃の
上達に驚くほどの
手ごたえを感じていて
歴戦の先輩パイロットを
次々制し、
とうとう決勝まで
勝ちあがるや
みごと
優勝をさらって
しまいました。

箕輪（みのわ）責任分隊長より
全員に訓示があり

「三上一禧の勝因は
戦闘機搭乗員に
なくてはならない
勘の鋭さと
状況判断力の素晴らしさ！」

とほめられ、
自分の空戦能力に
さらに
自信を持つことが
できました。

心技体充実の
一日でした。

中国との戦争が
はげしさを増し、
1939（昭和14）年11月
陸軍による
南シナ上陸作戦が
おこなわれることに
なりました。

わが海軍第十四航空隊にも
出撃命令が
くだりました。

この時陸軍は現地に
参謀部を設置、
参謀長をつとめる
秩父宮殿下より
私が呼び出され
直接お願いを
伝えられました。

「海軍戦闘機隊には
陸軍上陸用舟艇の
真上を超低空で
飛行していただきたい。
戦闘機隊の勇ましい姿は
必ずや陸軍兵士たちにとって
何よりの
激励となり
百万の味方を得た
喜びとなるで
ありましょう。」

殿下のお言葉を受け、
上陸作戦が始まると、

われわれ戦闘機隊は
陸軍舟艇（しゅうてい）の
頭上すれすれに
翼を振り手を振り
飛行しました。
陸軍兵士たちは
勇気百倍、歓喜にわきました。
皆の大きな喜びが
舟艇ごとに巻き起こり、
戦闘機の座席にまで
皆が元気づいていることが
伝わってきました。
私も強い感動をおぼえ、
生涯忘れられない
日になりました。
この南シナ上陸作戦は
大成功となり、
日本軍快進撃の
きっかけとなりました。

私に
次の命令がくだりました。

秩父宮殿下が
海軍九六式陸攻にて
戦線を視察、
台湾経由で
帰国されることになり、

その護衛として
戦闘機隊が
三機で編成され、

私がその
戦闘機隊の隊長を
務めることになりました。

九六式陸上攻撃機

先日の
南シナ上陸作戦
大成功もあり
私は絶好調の
頂点にありましたが、
好事魔多し！
とんでもないことが
起こってしまいます。

南シナ海洋上にて
なんと
戦闘機隊隊長
である
私の乗機が
エンジン不調と
なったのです。

宮様ご搭乗機の
護衛の大役を
仰せつかりながら、
その長である
私の機が
不調となるとは
なんたるぶざま。

これはただでは
すまされません。
後日必ずや
責任を問われる
こと必至。
大事に発展
すること
まちがいなし。

なんと…

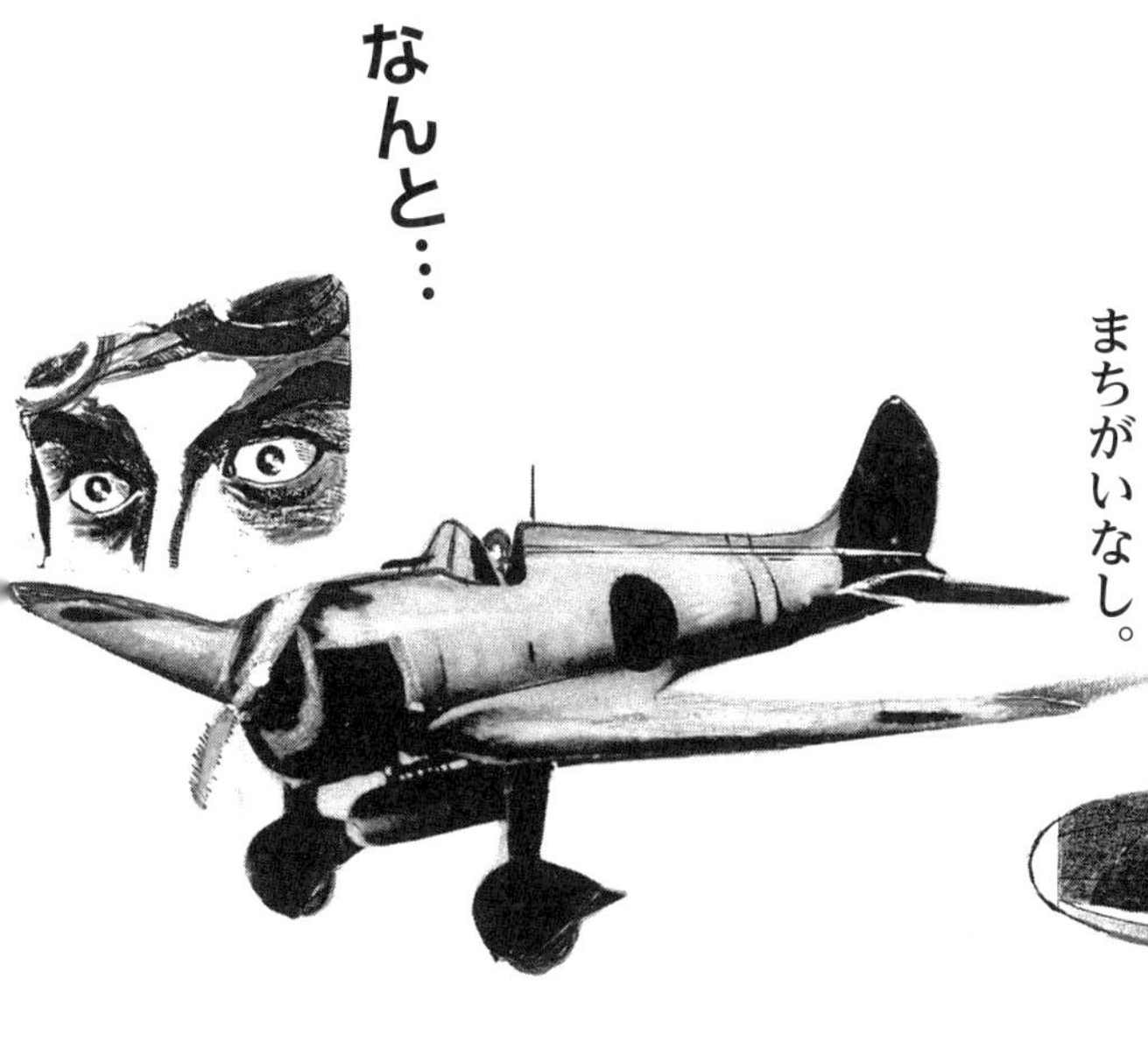

皇室護衛の
名誉と責任、
そして
今おかれている
状況を考えると
生きた心地が
しませんでした。

いかにすべきか
……

迷いに迷ったあげく
今ならまだ
引き返し
着陸することは可能、
二機に護衛を
たくすことを決断。

指で連絡を伝え、
一人
基地に向けて
進路を
とりました。

なんとか
基地上空にたどり着き
着陸態勢に
はいりましたが、
滑走路を走る間も
基地の異様な
雰囲気と
重圧に
押しつぶされそう
でした。

これは
ただごとでは
すまされない……

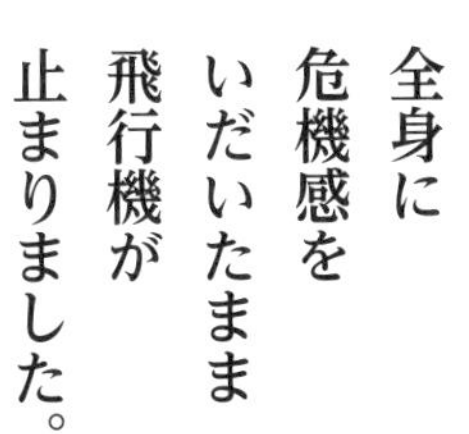

全身に
危機感を
いだいたまま
飛行機が
止まりました。

それから
不安な日々が
続きました。
最悪を
まぬがれる
ことはできまい
……

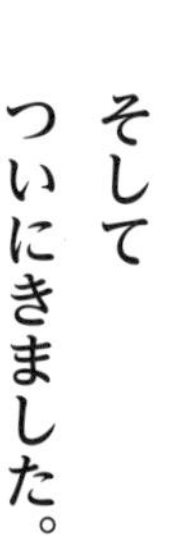

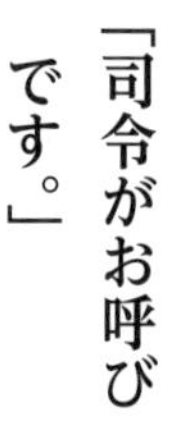

そして
ついにきました。

夜
私に呼び出しが
かかりました。

「司令がお呼び
です。」

覚悟はしていた
ものの
地に足が着かず、
廊下を
ふらついたまま歩きました。
震えが止まらぬまま
司令室の前へ。
緊張感は極限です。
もう観念するしか
ありません。
勇気を
鼓舞して
入室、
直立不動
全身硬直
一呼吸おいて
姓名申告、

「三上二空曹（にくうそう）
参りました。」

司令の口が
動く——

「君の上司から
報告を受けた。」

「はっ！」

「君の飛行技術、
技能、状況判断、
いずれもまれに見る
天性、
その素質は高く
評価される。

今、海軍は優秀な
パイロットを求めており
君の傑出（けっしゅつ）した技能は
君の個人のものとせず
海軍航空隊のため
奉仕専念して
いただきたい。

海軍研究機関として
横須賀航空隊が
その任に
あたっている。

明日
飛行機を用意し
君を台北（たいほく）まで
送る。
そこから航路にて
横須賀に
向かわれたし。」

最悪の展開を予想し
入室しましたが、
司令より
最高のお言葉、
そして
破格の処遇を
受けることとなりました。
感動、感動、
感動…。

志を抱き
郷里をはなれ、
今日までの精進・
辛苦が
この結果につながった
ことを思うと
ただただ感謝。

胸の内で
弘前の
両親に
深い感謝を
ささげました。

行く先々で
報道陣に囲まれ
質問攻めを
受けましたが、
司令より
堅く口止め
されていたので
黙(もく)して語らず
先を急ぎました。

船中で
民間人と
語ることもなく
孤独の時を
過ごしました。

やがて
白雪に包まれた
日本の山々が
眼前に広がり
ます。

その感動たるや
言葉を失い
ただただ
無性に
涙があふれました。

8 零戦との出会い

1939（昭和14）年2月より

横須賀海軍航空隊
実験部は
厳選された
エリート集団です。

その仲間入りをすることは
身の引きしまる緊張、
そして心が押される
気がしました。

技術、判断力など
大きな能力が
求められる
からです。

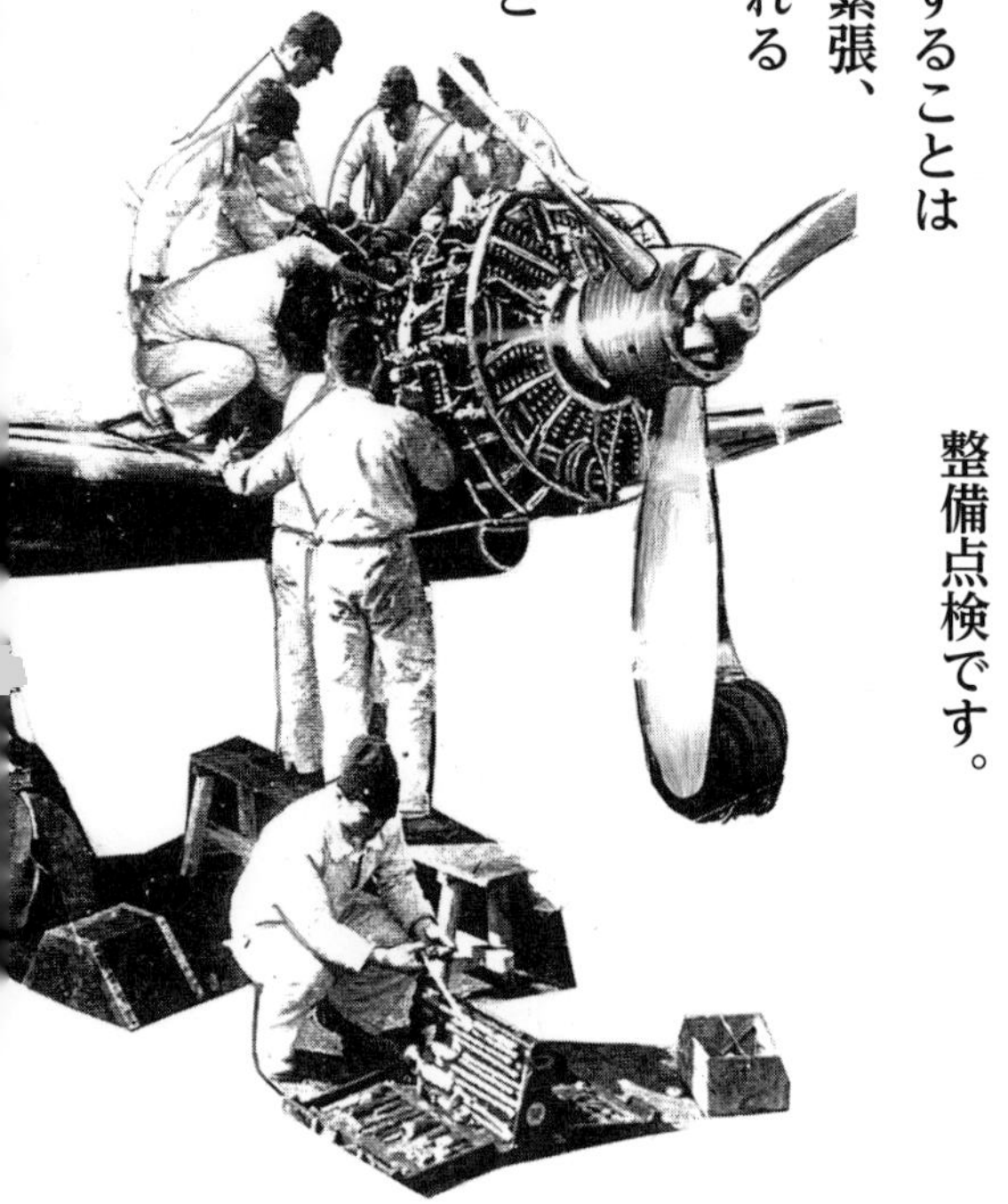

しかし一日、二日と
仕事をするうちに
自分も十分やれるぞと、
確信が芽ばえて
きました。

仕事のほとんどは
飛行機につける
搭載兵器の
整備点検です。

その作業を通して
他のメンバーより
自分の方が
知識・能力の面で
はるかに上であることを
実感しました。

というのも、
私ははじめ
兵器の専門学校で学び
さらに実戦部隊で
勤務した経験が
あるからです。

そのためまわりの
人々から
日に日に
信頼されるようになり、
張り合いが
出てきました。

ここで初めて
零戦（**ゼロ戦**）に
会いました。

ひとめ見た時、
すごい美人の前に
出た時、萎縮して
しまう、
そういう
感じを受けました。

端麗な容姿、周囲を圧する
しなやかな
機体。
これはすごい、美しいと
ほれぼれ
しました。

零式艦上戦闘機

アメリカの
セバスキー戦闘機、
ドイツの
ハインケル戦闘機
などもならんで
いました。

さすが日本海軍の
頭脳と言われる
横須賀航空隊です。

胸の躍動が止まり
ませんでした。

その頃、
日本と
中国の戦争は
3年目にはいっていました。
中国は広く、
戦争は中国の奥地へ
奥地へと広がり、
日本はしだいに
犠牲者がふえ
苦しい戦いと
なって
いました。

そこで日本は
新しい飛行機の
開発に取り組んで
いました。
長い距離を飛べ、
空中性能・攻撃力にすぐれ、
当時世界最優秀と
言われることになる
戦闘機、
それが**零戦**です。

しかしまだその頃の
零戦は
飛行中突然
エンジンが停止したり
機銃爆発、振動、
オイルもれ他、問題だらけ。
突貫（とっかん）工事で改良を
加える日々でした。

ある日
陸軍飛行士官の
見学がありました。
海軍パイロットを
代表し、**樫村寛一兵曹**と
私が
空戦実技をおこなうよう
指名されました。

樫村兵曹はその二年前、
中国戦線で片方の翼を
失いながら帰還し、
日本中から「英雄」と
称賛された
名パイロットです。
高度五千メートル、
激しい旋回から火花散る
激闘空中戦と
なりました。
長く苦しい戦いでした！
たがいに急旋回、
宙返りをくり返し、
全身汗が噴き出し
ました。

しだいに私が有利な
位置取りとなり、
樫村機の内側に
食い込み、
勝負あった！
これほど激しく
粘り強い空中戦は
ほかになく、
私の戦闘機人生
一番の激闘でした。

その後
私の任務は
零戦の高高度
実験飛行に
移りました。

まず地上で
整備員がエンジンを
始動させます。
そのあと、私はいつもの
三上独特の点検を
始めました。

零戦のすぐ前に直立、
爆音に耳を傾けます。

そして機体のまわりを
ゆっくり歩きながら
機体の状況をつぶさに
見てまわります。

不良箇所や異常がないか、
五感をフルに稼働させ
見ていきます。

私がこの作業にこだわるのは、
機体の故障や異常は、
エンジンの故障以上に
大事故につながるからです。

その後操縦席にすわり、
操縦装置、計器の作動確認を
重ねます。

よし！　と判断し
離陸位置に
機体を移動。

いよいよ
滑走開始です。

エンジン
全力回転
スピードを
あげます。

尾翼が
地面から離れ、
操縦桿を引くと
前車輪も浮き、
地面から浮揚、
ぐんぐん
上昇しました。

上昇を続け
高度六千メートルに
なると
呼吸が苦しくなって
きました。

空気がうすく
酸素欠乏です。

パイロットも
飛行機も
全力ですが、
しだいに
馬力が低下、
上昇力が
にぶくなり
どんどん
スピードが
落ちて
きました。

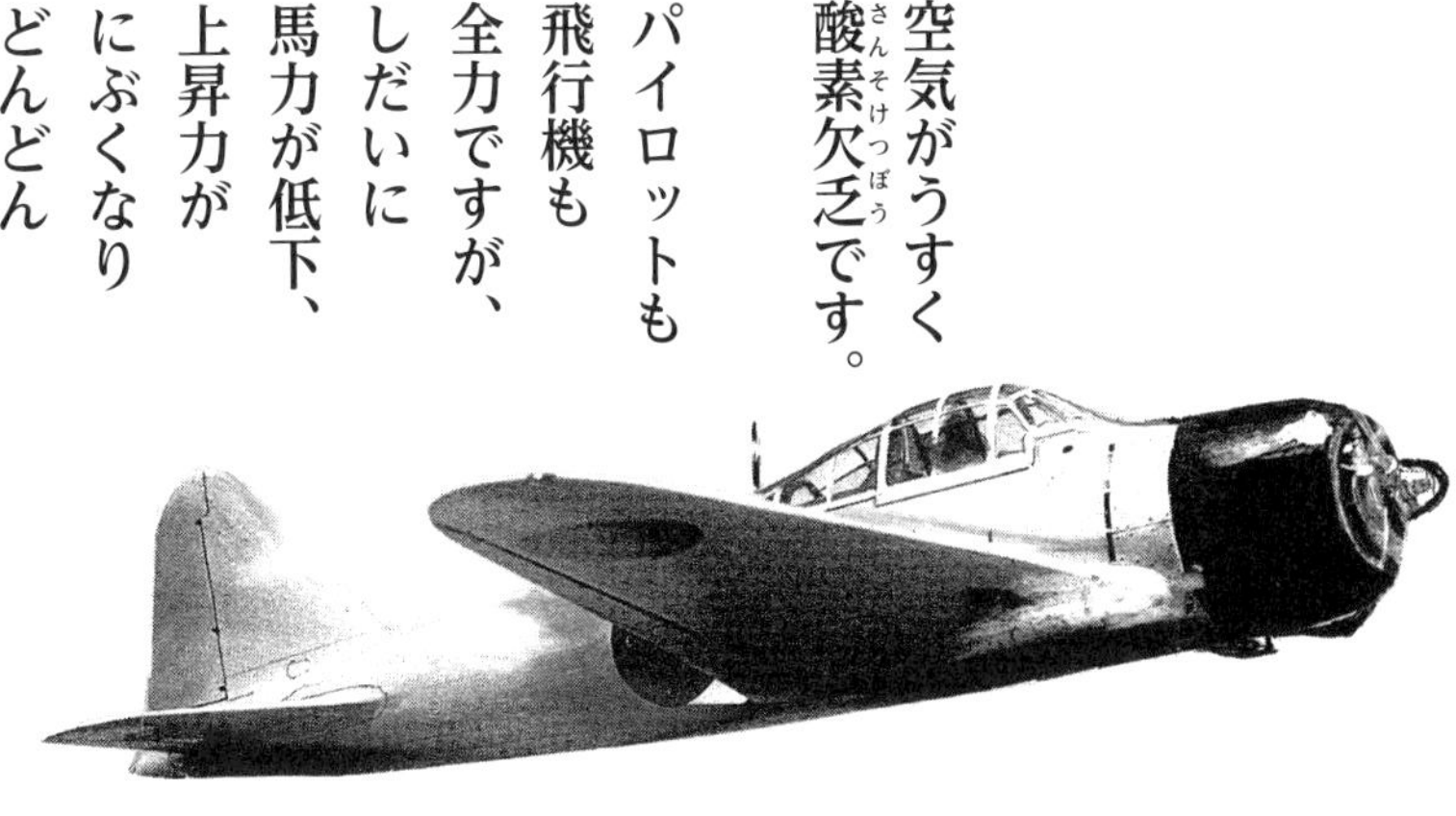

八千メートルをこえると
さらに呼吸が
苦しくなり、

そのまま
無理を続けると失神、
墜落して
しまうので、
酸素マスクを
つけました。

さすがにこの高度では
気流が安定、
飛行機は微動だにせず
前進します。

ついに
一万メートル！

気温がぐんぐん
下がり
氷点下40～50度。
排気ガスが凍り、
飛行雲となり
白い航跡が
実にきれいです。

機体の
各所に
凍結（とうけつ）が始まっています。

操縦装置の動きも
堅（かた）く、にぶく
なっていきます。

飛行服の胸もとまで
凍りつき、
意識もうろう、
自分が生きているのか、
死んでいるのか
わからない状態でした。

はるか
下方に
三浦半島（みうらはんとう）が
美しく見えます。

降下に移ることに
しました。

意外でしょうが、
上昇より降下の方が
時間を要します。
エンジンが冷え切ると
ストップしてしまうので
それを防ぐため、
途中、降下をやめ、
水平飛行をして
エンジンを
あたためるためです。
降下と水平飛行を
くり返し、
少しずつ高度を
下げていきました。

高度二千メートルまで
おりてくると
急に空気が
あたたかく
なってきました。

少しほっとして
さらに高度を
下げ、
着陸態勢に
入りました。

ところが
ここで驚くことが
おこりました。
「着陸待テ」の
信号が出て
いるのです。

えっ！　と驚き、
操縦席から身をのり出し
地上を見ると
消防車や救急車が
あわただしく
走りまわっています。

どうした⁉
何がおこったんだ⁉
飛行機に異常か⁉

あせり
ました。

まもなく
着陸の指示が出ました。

それでも
超高空を飛行して
きたため、
機体内外の
凍結が心配です。
特に車輪など
着陸装置に
凍結があれば
大事故となります。

安全を確認しながら
滑走路に
すべり込み
ました。

ほっとする間もなく私は
救急車にかつぎ込まれました。
「さっきの地上のさわぎは
何か？」と質問すると、
「救急車、緊急車両を
準備させ
万が一に
備えるとともに
パイロットを医務室に運び
三日間隔離（かくり）し、
身体の医学的精密検査を
おこなう準備のためだ」と
言われました。

事前に説明がなかったので
腹立たしく思いましたが、
同時に
機上でとり乱した自分を
なさけなく思いました。

高高度飛行実験は
飛行機ばかりでなく
人体実験でもあることを
知りました。

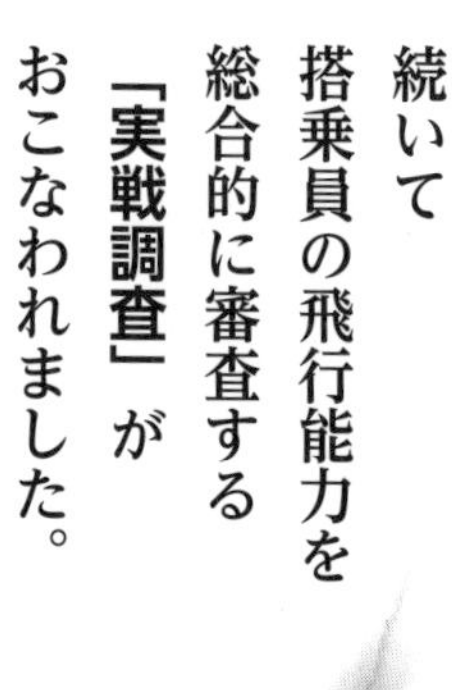

続いて
搭乗員の飛行能力を
総合的に審査する
「実戦調査」が
おこなわれました。

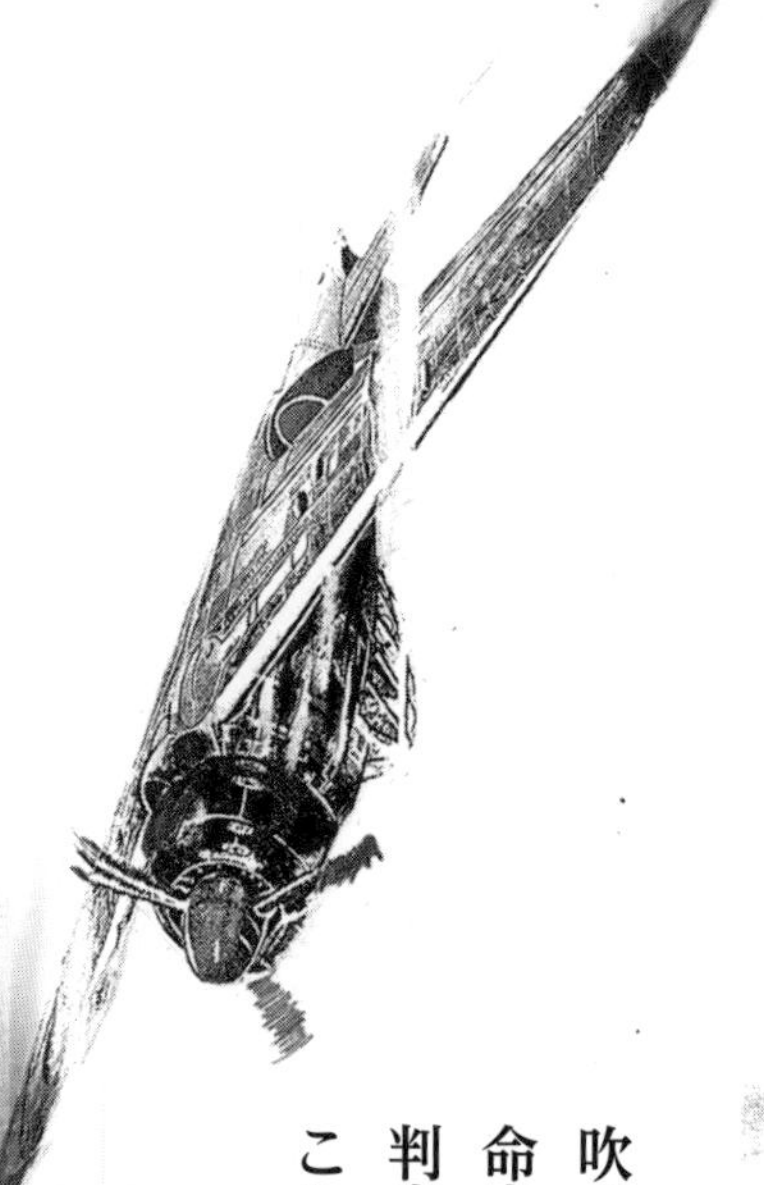

横須賀航空隊
最高責任者
戸塚大佐が、
搭乗員一人一人の
攻撃行動、射撃技能を
審査するのです。

吹き流し射撃の
命中弾数で
判定が下される
ことになります。

参加搭乗員は
横空を代表する
8名。
腕自慢ばかりです。

空中戦、射撃終了まで、
一人あたりの
所要時間は
60秒ほど。

一人ずつ
色のちがう弾丸を撃ち、
吹き流しについた
色のあとが
成績になります。

さすが精鋭ぞろい。

搭乗員8名の
空中戦射撃は
あっという間に
終わり、
吹き流しを引いた
曳航標的機が
着陸しました。

全員の命中弾が
あるとすれば、
弾痕8色、
吹き流しは
色とりどりに
なっているはずです。

ところが
意外！

吹き流しに残る
弾痕色は
2色のみ
青と緑だけでした。

担当士官から
結果発表がありました。

青色　33発
緑色　3発

緑色は
射撃名人
羽切松雄（はきりまつお）！

日本海軍
大空のサムライたち

三上一禧　羽切松雄　坂井三郎

青色は…

誰あろう
私　三上一禧の
弾痕色です。

戸塚司令が
きびしい表情で
これまた
空戦名人の
誉高い（ほまれたかい）
下川万兵衛（しもかわまんべえ）大尉に
質問しました。

「青だけが多いのは
何故か？」

下川大尉は
一呼吸おくと
よく通る声で
言いました。

「神技（かみわざ）です。」

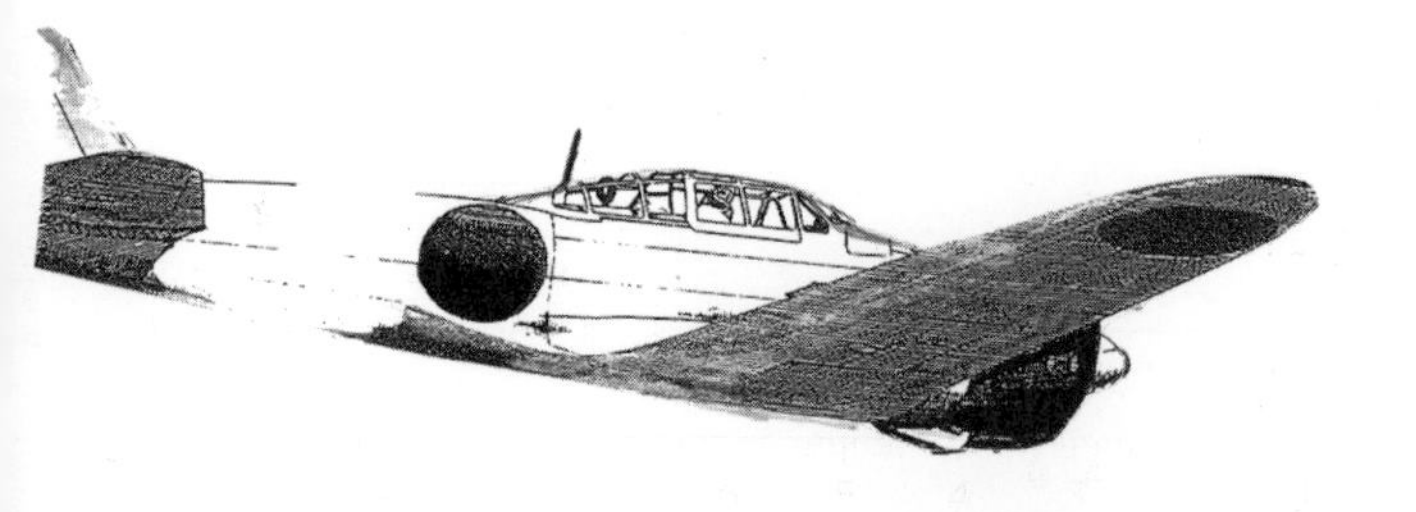

その話を
聞き、
たった今
大空から
おりてきたばかりの
私ですが、
心が
天に舞いました。

たしかに日常の訓練で
空戦技術に自信を
持ってはいましたが、
このような公式の場で
最大限の評価を
いただいたのは、
言葉にできないうれしさ
でした。

いなか青森を出て
海軍航空隊の
門をたたき
ここまでの日々が
頭をめぐりました。

これらすべて弘前の
父母のおかげ

そして
人材育成に
日夜心魂（しんこん）傾（かたむ）ける
海軍航空隊の
人々のおかげで
あると
心から感謝しました。

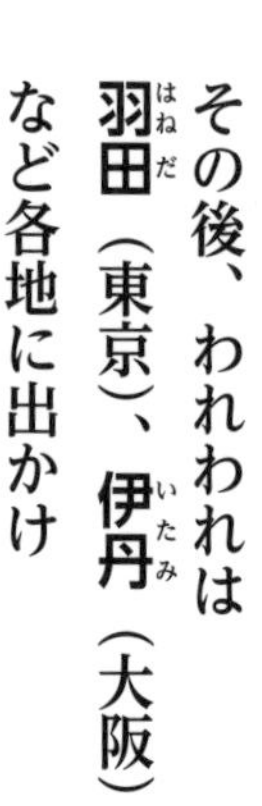

その後、われわれは
羽田（東京）、伊丹（大阪）
など各地に出かけ
「海軍航空隊
　ここにあり」
と大々的な
編隊飛行の特技を
披露して
まわりました。

人々はそれまで
目にしたこともない
手に汗にぎる
機動飛行に大拍手、
大喝采でした。

機動飛行のあとには
宴席でもてなされ
ました。

いなか育ちの私には
苦手な場で、
食べ物・飲み物
のどを通らず
苦しい時間でしたが、
国民の期待を
ひしひしと感じ
明日からの精進、
努力を誓う
貴重な場と
なりました。

9 名門航空隊の一員として

1940（昭和15）年8月より

第十二航空隊（中国・華中）への転勤を命ぜられました。

十二空は
実戦経験豊富で
知名度の高い
パイロットを
多数生んできた
日本を代表する
名門航空隊です。

十二空勤務と聞き、
心引き締まるとともに
意欲が全身に
みなぎりました。

中国を舞台に活躍する
十二空。
その一翼を
自分が担うことの
喜びと希望に
心が躍りました。

そんな
ある日

若い整備員が
整備完了と
なった
零戦の
テスト
飛行を
お願いに
きました。

私は
「よし、すぐ飛ぶぞ。」
と、快く引き受けました。

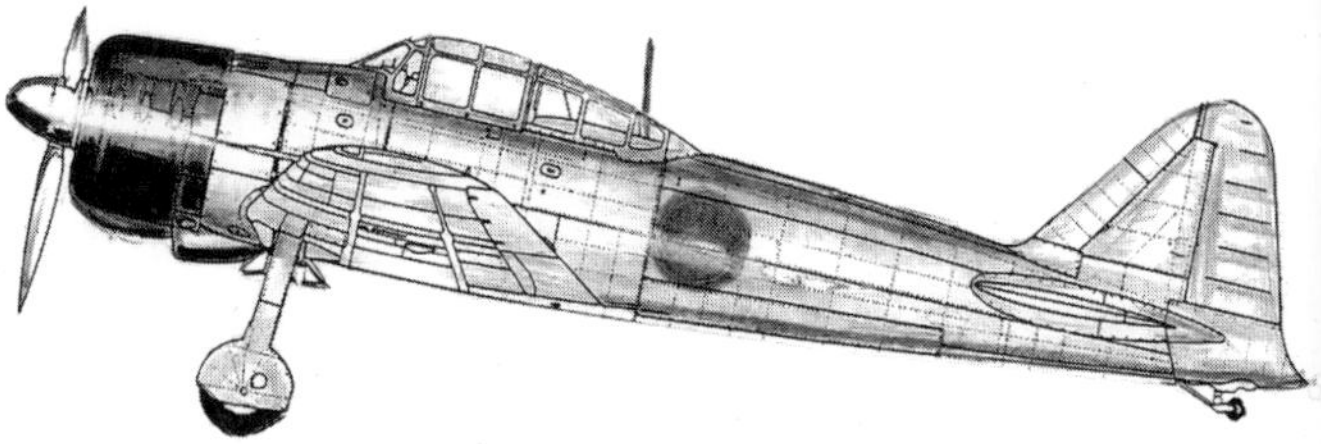

テスト飛行は
自分の飛行場周辺で
おこなうのが常識です。
何が起きても
対処できるからです。

私は身軽に飛行服を
身につけ、
航空地図など
一切持たず、
さっと
操縦席に入りました。

燃料補給もしないまま、
すぐ発進！

順調にテスト飛行の
メニューをすませ、
高度四千メートル以上で

最終テストをすべく
上空の雲を断ち切り、
雲上に出ました。

機体も私も快調です。
「よし、テスト終了、
降下！」
純白の雲に
機影をうつし、
気持ち良く
眼下の雲に
飛び込みました。

と、意外や意外、
そこは
飛行場上空では
ありません。
飛行場が
どこにも見えません。

心に大きな衝撃(しょうげき)が
走りました。

風が強く
飛行機は
大きく流されます。

雲が遮断（しゃだん）して
景色がまったく
見えません。

どこにいるのか不明で、
不安と動揺が
走りました。

航空地図は持って
いません。
燃料は？
方角は？

眼下に揚子江（ようすこう）が見えます。
上流へ下流へと
飛んでみますが、
燃料が減るばかりで、
このままでは
燃料がなくなり
墜落です。

すべて自分の油断と
慢心（まんしん）から生じた
ミスで、
思いもしない
大ピンチに
あせるばかりです。

思い切って
揚子江下流に
向かうと、
突然、眼前に
市街地が
あらわれました。

敵の大拠点かも
しれぬと、
あわてて
高度をあげます。

背後や下から
銃撃されるのでは
ないか、機銃の音が
するのではないかと
恐怖を感じ
ひやひやしながら
急加速しました。

その時
なんとなく
見覚えのある
飛行場や街だと
思いました。

ようく目をこらして
見ると
驚くなかれ、
自分が飛び立った
飛行場では
ありませんか！

動揺、混乱し、
冷静さを失い
見えるものも見えず、
あり地獄の底に
落ちていたのです。

自分の慢心（まんしん）から
この状況を
招いたことを
大いに
恥じながら
滑走路に
向かいました。

静かに滑走路に
すべりこみ
何事もなかった
かのように
ふるまいます。

この間、
地上にいた人々は
空の上で
何があったのか、
私の動揺（どうよう）など
少しも
知りません。

自分の軽率（けいそつ）さ
未熟さ…。
操縦桿を握る前の
準備の大切さを
痛感（つうかん）する
出来事でした。

10 零戦初空戦

1940（昭和15）年9月13日

1940（昭和15）年
9月13日金曜日
午前8時30分

われら零戦隊13機が
漢口基地を出発！
隊長は**進藤三郎大尉**。

空は一点の雲もなく
晴れわたり
快適な飛行でした。

午後1時10分
爆撃隊を援護し
重慶上空に進撃
午後1時30分
爆撃終了。
一旦
帰投進路を
とりました。

20分後、偵察機より
「中国軍戦闘機発見！」
の一報が入り、
ぐっと緊張感が高まります。
零戦の歴史的初空中戦です。
重慶上空に
急ぎました。

われらが隊長
進藤三郎大尉は、
あまり
ものを言わないし
目立つ
人ではありませんが、
肝（きも）のすわった
頼りになる
指揮官です。
いつもひょうひょうとして、
何があっても
顔に出しません。

ウデもいいし、
空の
指揮官として
一級品です。

いるいる！
30機ほどの
中国機が
見えました。

進藤機を先頭に
攻撃をかけました。
零戦の機銃が火を吹き、
あっという間に
7～8機
墜（お）としました。
ところが
敵もさるもの、
すぐに
態勢をたて直し
みごとな編隊を
組んでしまいました。

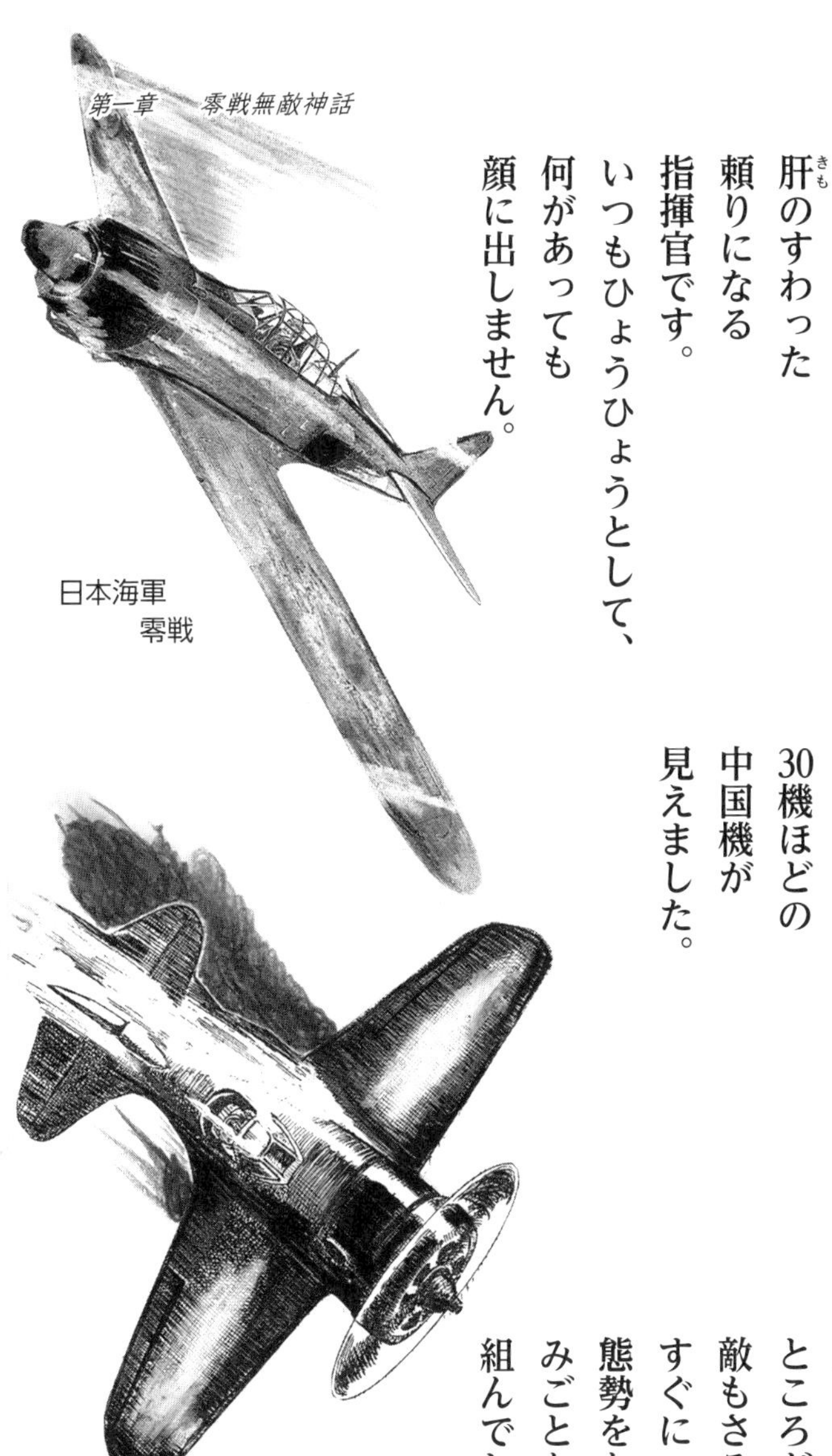

日本海軍
零戦

中国軍
I-16 戦闘機
ヤストレボク
（ロシア語でタカの意）

そしてぐるぐる
左まわりに旋回
しながら飛ぶ
のです。

こちらの誰かが
手を出すと
すぐに他の
中国機が
反撃して
きます。

さらにぐるぐる
まわりながら
どんどんわれわれを
奥地へ奥地へと
誘い込みます。

中国軍
I-15 戦闘機
チャイカ（ロシア語でカモメの意）

こちらは手を
出せないまま
ついていくしか
ありません。

このままでは
遠方から
来ている
われわれの
燃料がなくなり
帰れなくなって
しまいます。

中国隊は
みごとなまでの
チームワーク
でした。

私は零戦隊のうしろから
2番目の位置に
いましたが、
意を決して
中国隊の輪の中に
飛びこみました。
そしてかき回して
やろうと突進しました。

ところが、のぼせて
いました。銃弾(じゅうだん)の
装てんを忘れて

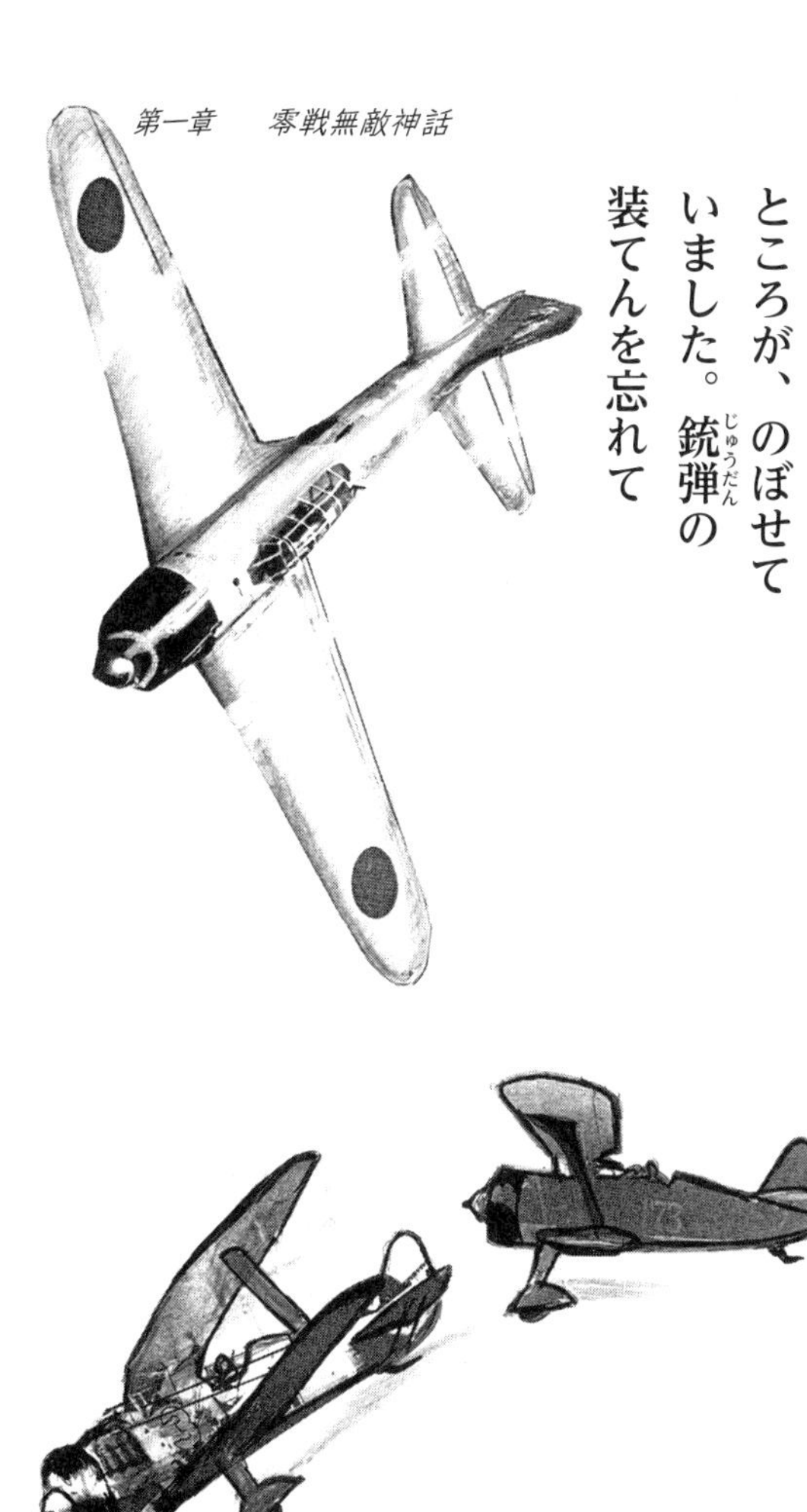

いたため、発射
レバーを握り
ましたが、
弾丸が出ません。
すぐ中国機が
私めがけて
銃撃(じゅうげき)して
きました。

あやうくかわし
ましたが、
さらに
勇ましく
銃撃してきます。

旋回(せんかい)し飛び回ると
さすがの中国隊も
隊形が乱れ、
味方の零戦隊が
次々に
攻撃を
始めました。

しかし、
のぼせていたのは
私だけでは
ありませんでした。
仲間の零戦を見ると、
補助燃料タンクの
投下を忘れ、
燃料タンクを
つけたまま
戦っている者、
補助燃料タンクを
投下したものの
燃料コック切り
替えを忘れ、
ガソリンを
噴きながら
飛んでいる者、
さまざまです。

零戦の初空中戦と
いうことで、皆冷静さを
失っていました。私は
仲間の機に「燃料！」と
手で合図を送りながら
中国機に機銃操射を
あびせました。
中国機の主翼に
大穴があき墜落して
いきました。

たて続けに
2機を
撃墜しました。
激戦となりました。
ふつう空中戦は
2～3分で終わる
ものですが
すごい激戦でした。

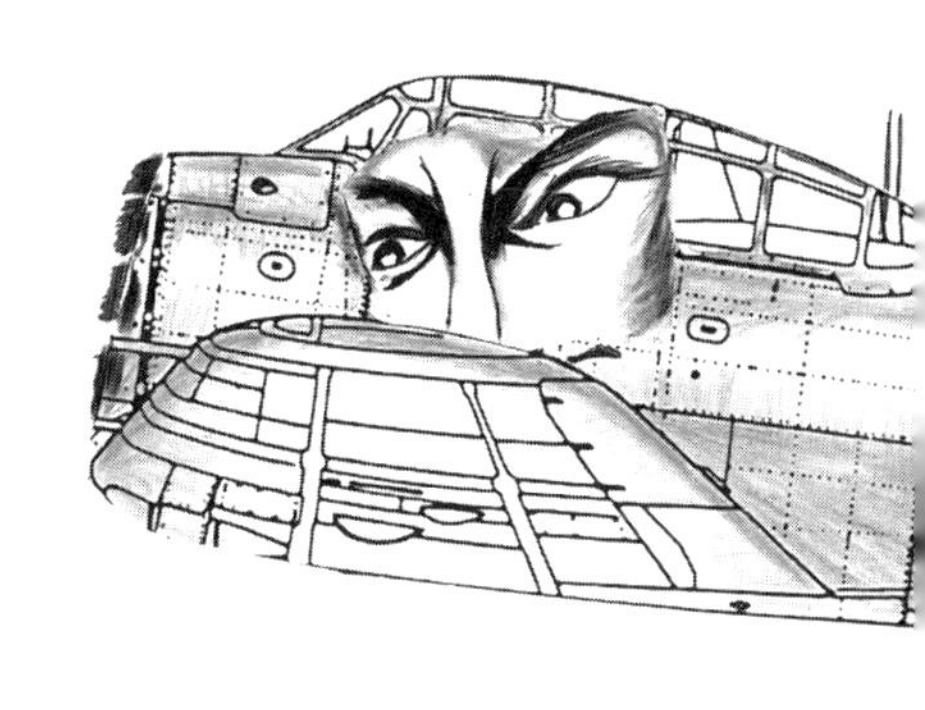

40分ほど経過し、
空中戦がやっと
終わりに
近づいた頃、
前下方を
1機で飛ぶ
中国機を発見、
高速接近し
連射をあびせ
ました。

爆風で零戦が大きくゆれ、
中国機の下をもぐり
急上昇すると
その機は白煙をはいて
急降下していく
ところでした。
追尾しながらさらに
連射をあびせると
黒煙をはきましたが、
突然

その機は急上昇に転じ
こちらに機首を向け
機銃を撃ってきました。

しかし高度差が大きく
距離も250メートルほど
あります。
そんな銃弾など
あたるはずがない
と思った
次の瞬間、

ガンガン！
ガンガン！

ものすごい金属音と
衝撃！
私の操縦席を
はさんで
左右両方の
主翼の真ん中に
2発ずつ、４発命中！

ぞっとしました。

私の体に戦慄が
走りました。
よりによって
燃料タンク付近への
直撃弾４発です。

火災か⁉
爆発か⁉
エンジンが
止まるか⁉
恐怖に
おそわれました。

敵地上空で
致命的な
損傷。

これは…
もう基地には
帰れないぞ！

とっさに
自爆を
覚悟しました。

ところが
その時です。

不思議なことが
おこりました。

風防ガラスの前に
母の顔が
あらわれたのです。

ハッと我に返り
よし、死んではいけない！
こんなところで
死ぬわけにはいかない！
飛べるところまで
飛ぶのだ！

強い気持ちが
わいてきました。

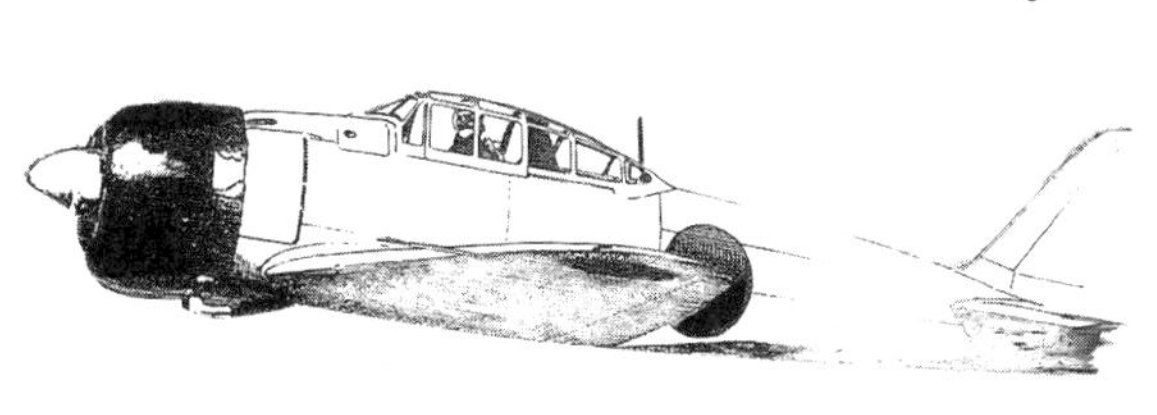

「私を銃撃した
中国機は？」と
見ると
下方をふらふら
飛んでいます。
そして地上激突寸前、
機体を左に傾け、
横すべりするように
地上に激突
しましたが、
正面からの
墜落をさけました。

銃撃の腕前といい
危急の操作といい
敵ながらあっぱれな
操縦士だと
思いました。

重慶上空に
中国機の姿がなくなり
私はそのまま上昇、

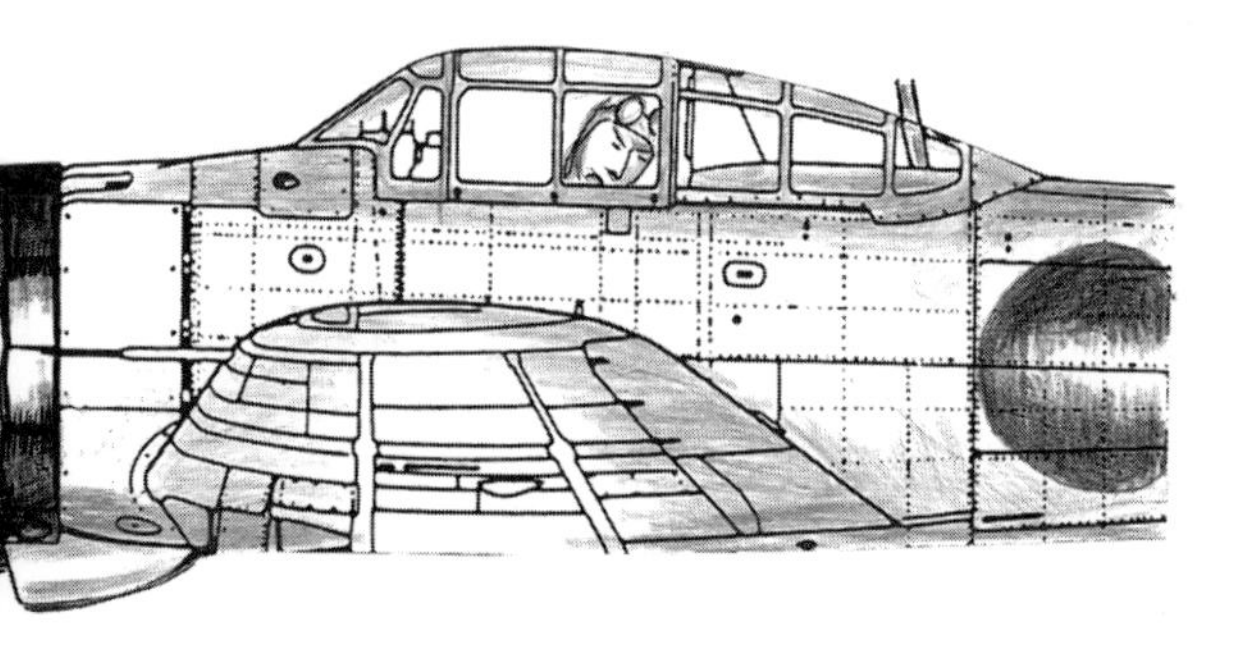

重慶上空左旋回
5000メートル
という集合地点に
行きましたが、
岩井二空曹のほかは
誰もいません。
私は左右主翼・
燃料タンク付近に
被弾（ひだん）していますので、
急がなければなりません。
一人で帰途（きと）に
つきました。

ともかく不安でした。
今にも発火したり
燃料がきれて
エンジンが止まるのでは
ないかと。
この緊急事態は
あんな弾丸はあたらぬ
という私の油断から
招いたことです。
嘆いても悔いても
もう遅いのですが、
基地までは
帰れぬのではないか、
油断がおのれに潜む
最大の敵であることを
肝に銘じました。
この悲愴感、痛恨の極み、

帰着までの3時間、ただただ
後悔し、祈り、
高さ三千五百メートルの
山岳地帯を飛びました。
燃料が切れた時が
私の最期の時です。
ひたすら飛びました。
これは敵と戦う以上の
苦しい耐える戦いでした。
なんとか中継基地の
宜昌が見えてきました。
操縦席で一人雄叫び
をあげました。
人生に二度とない
喜びでした。
滑走路にすべり込むと
本当に疲れ切り
呆然としていました。

燃料タンクのある
左右主翼中央に
被弾４発‼

基地の人たちがかけより
「搭乗員どうしたあ!?」
と声をかけてきたので
はっとして機をおりました。
基地では零戦隊の動向が
つかめず、時間ばかり経過し、
憂色ただよっていました。
そこへ左右両翼に大きな
弾痕がある一機がたどり着き、
皆不安の頂点に
達していました。

さっそく
私の機の左右主翼を
調べてもらいました。
幸運にも弾丸は
左右とも2つずつある
燃料タンクの間をつなぐ
2本あるパイプの間に
命中していました。
幸い燃料もれも
爆発もなく
幸運でしたが、
まちがいなく
紙一重の
幸運でした。
「他の機は
どうした?」
「何があったんだ!」
と皆が口々に
聞いてきます。
重慶上空でたくさんの
中国機が墜落して
いくのを見たので
「みんな、今、帰って
きますよ。」
と言っているうちに

仲間の零戦が
次々帰ってきました。

進藤隊長は
着陸してくる
零戦を数え、
全機無事に帰って
きたことを知るや
小躍(こおど)りし喜びました。

そして13名の
戦果報告をまとめ
最終的に
「27機撃墜！」と
司令部に
打電しました。

零戦隊は燃料を
補給し、
夕陽の美しさに
感動しながら
意気揚々(いきようよう)と
漢口(かんこう)基地に
帰還(きかん)しました。

漢口基地は
もうたいへんな
出迎えで
感激せずには
いられませんでした。

支那方面艦隊司令長官
嶋田繁太郎

第一連合航空隊司令官
山口多聞

第二連合航空隊司令官
大西瀧次郎

皆そろっての
お出迎え。
搭乗員を囲み
大きな輪となり
歓呼の声と
胴上げでした。

誰もが
人生史上最高の
喜びでした。

この世に生を受けて
これ以上の喜びは
ないと
最大最高の
歓喜に
あふれました。

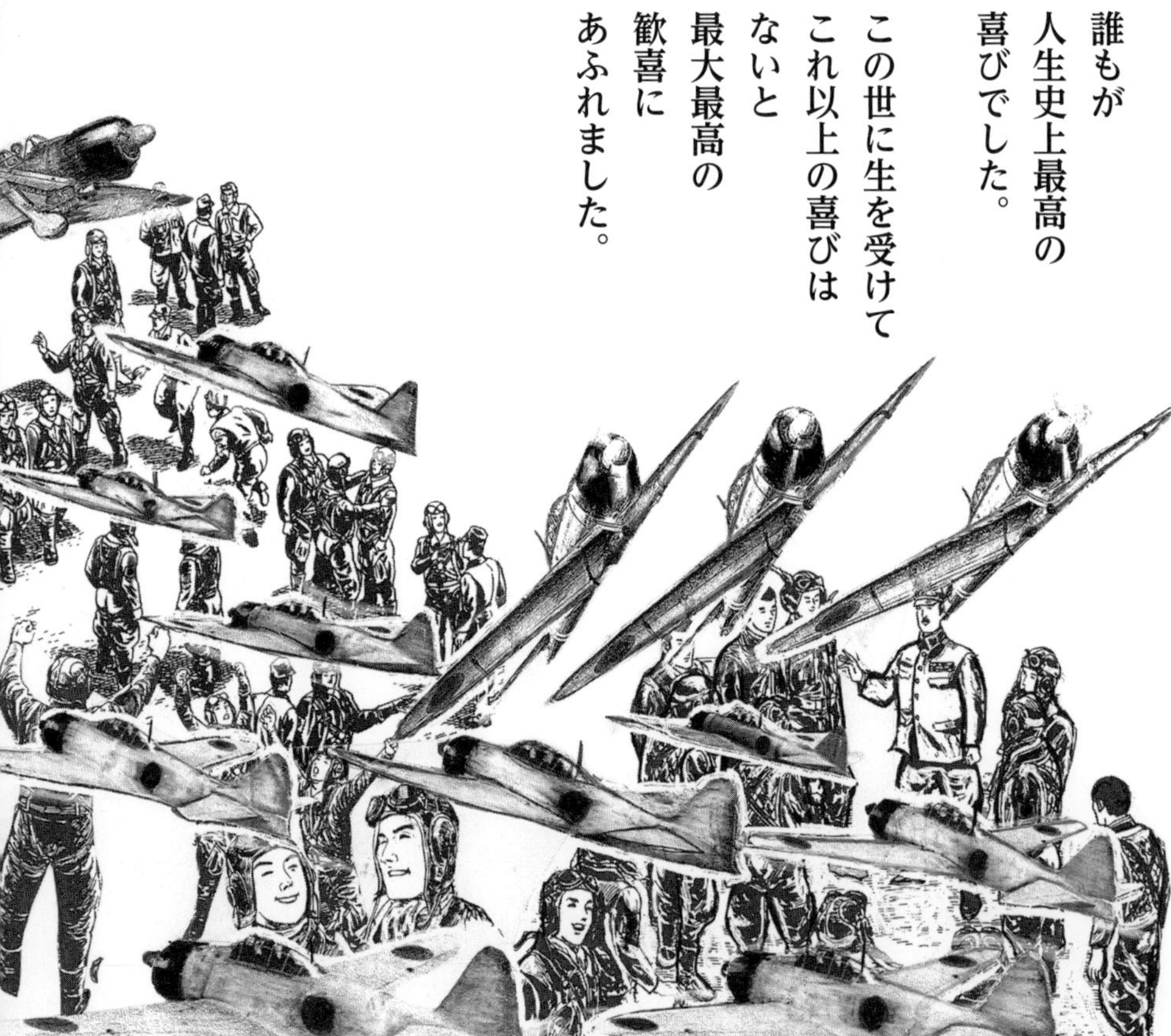

誰もが浮かれて
いました。
零戦初空中戦は
27－0と圧勝でした。
勝因はなんと言っても
世界最優秀戦闘機
零戦です。
飛行機の性能差の
おかげで日本が
圧倒しました。

しかし私は
思いました。
27－0と聞けば、人は
赤子の手をひねるような
ものだったのだと思うかも
しれません。
でも
中国機はけっして
逃げまわり、据え物斬り
のごとく斬り捨てられた
わけではありません。
こちらが攻めると引き、
引くと果敢に攻撃して
くる、まさに孫子の
兵法、想像以上に
高いレベルでした。

主翼に4発もの
銃弾を受け
私はあなどれない
戦いであったと
反省しきりでした。

昭和15年9月13日　零戦隊初空戦　戦果

氏　　名			機　号	撃　　墜		被　弾
				I-15	I-16	
第一中隊	第一小隊	① 進藤三郎	161	1		0
		② 北畑三郎	166		1	0
		③ 大木芳男	167	2	2	1
		④ 藤原喜平	169	2		1
	第二小隊	①山下小四郎	171	2	1	0
		② 末田利行	165	3		0
		③ 山谷初政	173	3		0
第二中隊	第一小隊	① 白根斐夫	175			0
		② 光増政之	162	2		0
		③ 岩井　勉	163	2		0
	第二小隊	① 高塚寅一	178	1		0
		② 三上一禧	**170**	**2**	**1**	**4**
		③ 平本政治	176	2		0
				22	5	

零戦初空戦時程

〔零戦隊13機〕　　〔98式陸上偵察機〕

7：00発
天候偵察機出発

敵状偵察機出発
誘導機出発

漢口（ハンコウ）　8：30発

300km

宜昌（イーチャン）　9：30着
12：00発

〔警戒隊〕
96艦戦3機
97艦攻2機
〔収容隊〕
97艦攻6機

誘導機と合流
（98陸偵千早猛彦（ちはやたけひこ））

780km

涪洲（フーチョン）

480km

重慶（チョンチン）

13：00
攻撃隊と合流（99艦爆8機 / 96陸攻27機）
13：30　爆撃
引き返す（60～70km東へ）
13：45　偵察機より第一報受ける
13：55　偵察機より第二報受ける
13：58　空中戦
14：40頃　帰投開始

敵状偵察機
・敵機発見
・零戦隊へ打電

9月13日空中戦
中国軍パイロットの回想
徐華江氏

日本の新型戦闘機が出現するらしいとの話はありましたが、こんなに遠い重慶まで、飛んでこられるはずがないと思っていました。

われわれは13日の金曜日、午後1時42分重慶の空を飛んでいました。

午後2時になる頃、突然日本の戦闘機約30機(実は13機)がわれわれに襲いかかってきました。

われわれの輪の上空にいた1機（三上機）が急接近してきて死角から突き上げ、高速で飛び去り、あっというまにこちらの弾丸の届かない所に行ってしまいます。

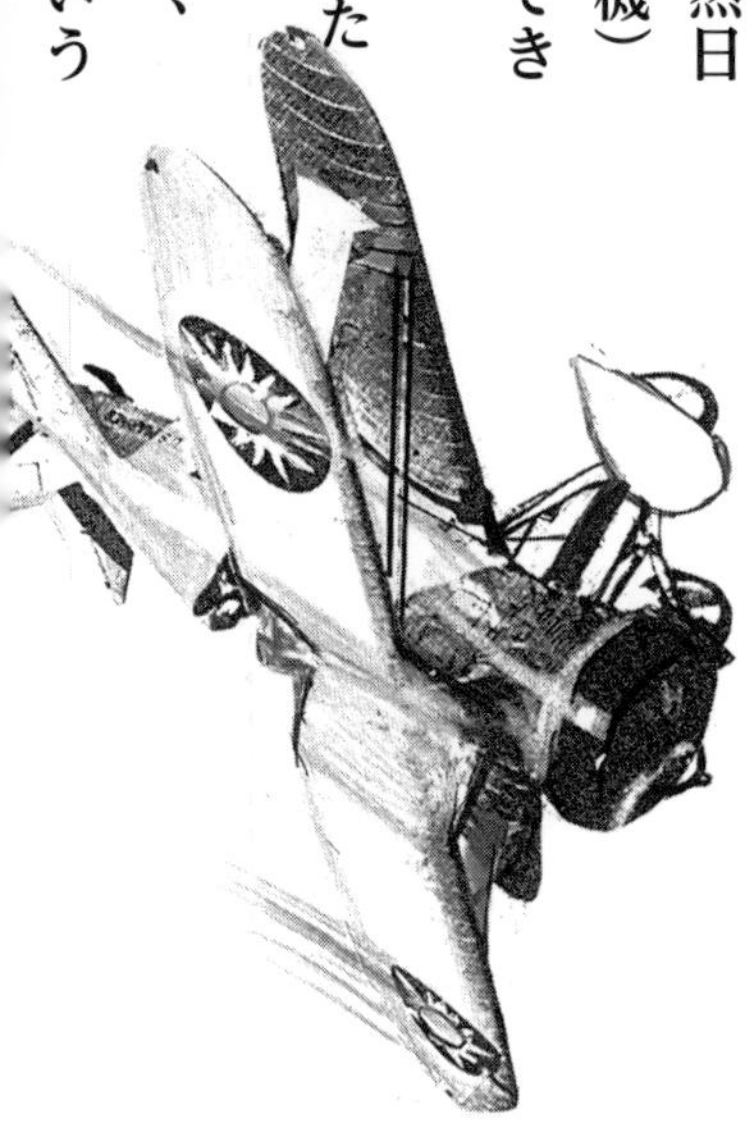

日本機はわれわれよりスピードが倍も速く、火力も強力です。でも日本機はガソリンがなくなると帰るはずなので、「時間かせぎの戦術」をとろうとしましたが、それは甘く、自分の頭の認識の遅れを感じずにはいられませんでした。

銃撃を受け白煙があがりました。オイルタンクに穴をあけられ、オイルが噴き出し、ガラスがよごれ、前が見えなくなりました。横から顔を出しましたが、眼鏡も見えなくなり、眼鏡を捨てて飛びました。主翼の張線が音をたて次々に切れ始めました。

さらに銃撃を受け、機体は大きく振動。頭と両足を負傷し、排気管から黒煙が出、こげくさいにおいが鼻をつきます。頭上を飛ぶのはすべて日本機でした。猛烈な回避機動をし、田んぼに突っこみ、命だけは助かりました。

中国軍のエースの一人であると自負する自分を撃墜した日本機を見上げ、いったいどんなヤツが乗っているんだろうと思いました。

11 無念の搭乗禁止

1940（昭和15）年10月より

10月5日、私はさらに奥地の**成都**空襲に出撃しました。

零戦は
以後一年にわたり
外国機100機以上を
撃墜し、1機も
撃墜されず、**零戦無敵**
神話と称讃されました。

しかし――
私はそれまでの過労と
外地の猛烈な暑さで
体調をくずし、
呉海軍病院（広島）に入院、
軍医より
搭乗禁止を
申し渡され
海軍を去ることに
なりました。

1941（昭和16）年
12月8日、日本は
ハワイ真珠湾
攻撃をおこない
太平洋戦争に
突入しました。

海軍をやめた私は
2年にわたり
故郷弘前に
帰りました。
樺太にも
出かけました。

「ふるさとのあゆみ　弘前1」より

ところが戦局が悪化、
戦争のニュース映画を
見るたび、
いてもたっても
いられなくなり、
死を覚悟のうえ
海軍に復帰を
申し出ました。

1943（昭和18）年
航空技術廠に
カムバックしました。

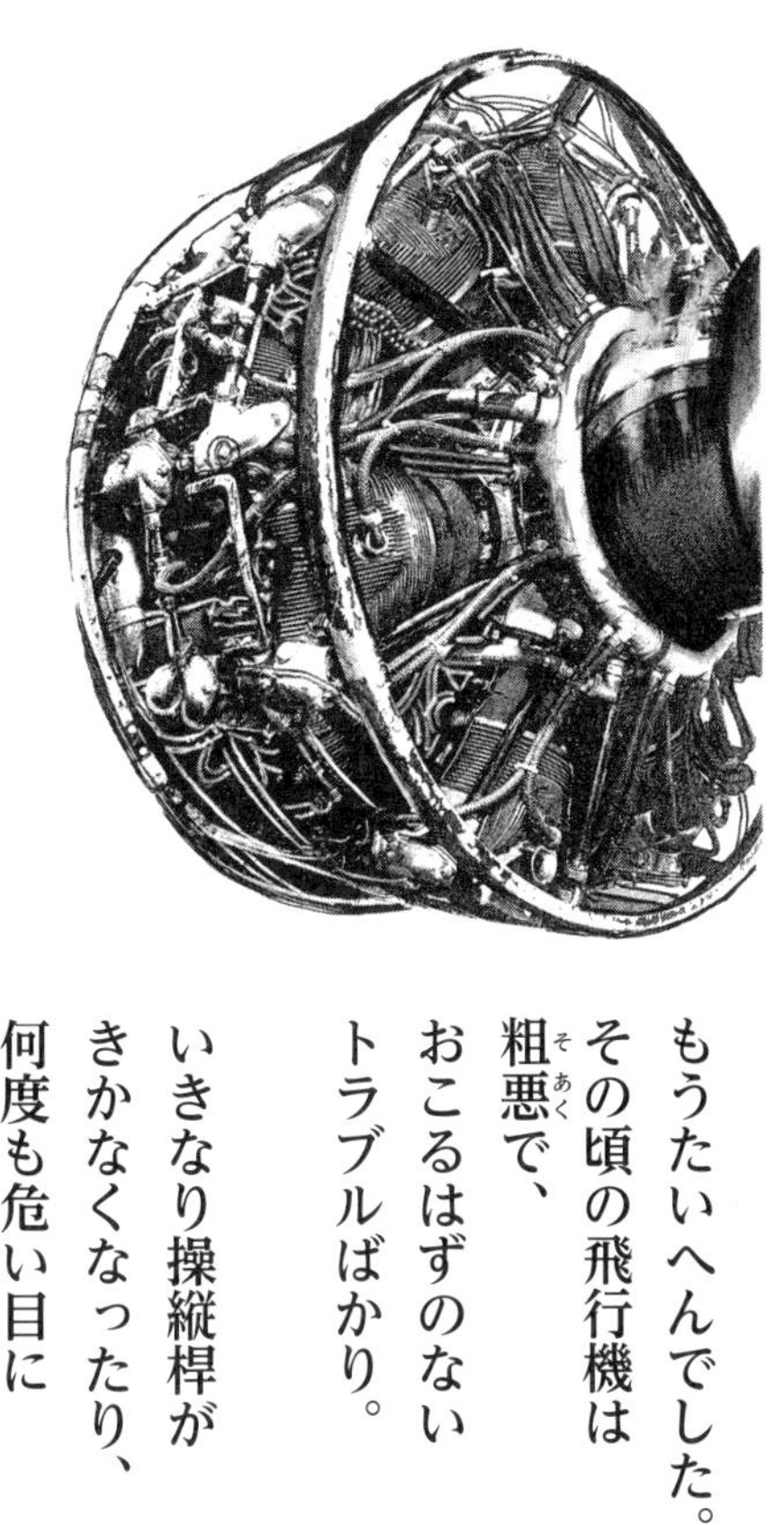

さらに
霞ヶ浦第一航空隊
に移り、
戦地に送る
飛行機のテストに
明け暮れました。

もうたいへんでした。
その頃の飛行機は
粗悪で、
おこるはずのない
トラブルばかり。

いきなり操縦桿が
きかなくなったり、
何度も危い目に
あいました。

あれだけ苦労して
育て上げた零戦も
質が悪すぎて
飛べたもんじゃ
ありません。
修理、交換、
メーカーへ返却の
くり返しでした。

ガソリンもなく
空襲があっても迎撃禁止。
もういてもたっても
いられなくなり、
爆弾を抱いて
体当りする「特攻」を
志願しましたが、
上官に
「バカを言うな！」
と大喝され
ました。

最後の
戦闘機操縦は
雷電でした。
霞ヶ浦から
藤枝（静岡）への
空輸でした。

東京上空を通ると
一面見渡す限りの
焼け野原。
あまりにひどい
ありさま、
あまりの無策ぶりに
操縦席で
一人泣きました。

〔雷電〕
B-29 迎撃用の
高速戦闘機

その後
霞ヶ浦にも
アメリカの攻撃が
迫っている
との情報で
青森県三沢に
部隊ごと移る
ことになり、

三沢に行く
鉄道の中で
終戦を
知り
ました。

第二章 教育への情熱

戦争が終わって
しまったので
部隊には帰らず
そのまま
弘前に向かいました。

弘前は空襲を
受けなかったので
昔のままの
静かな街並みでした。

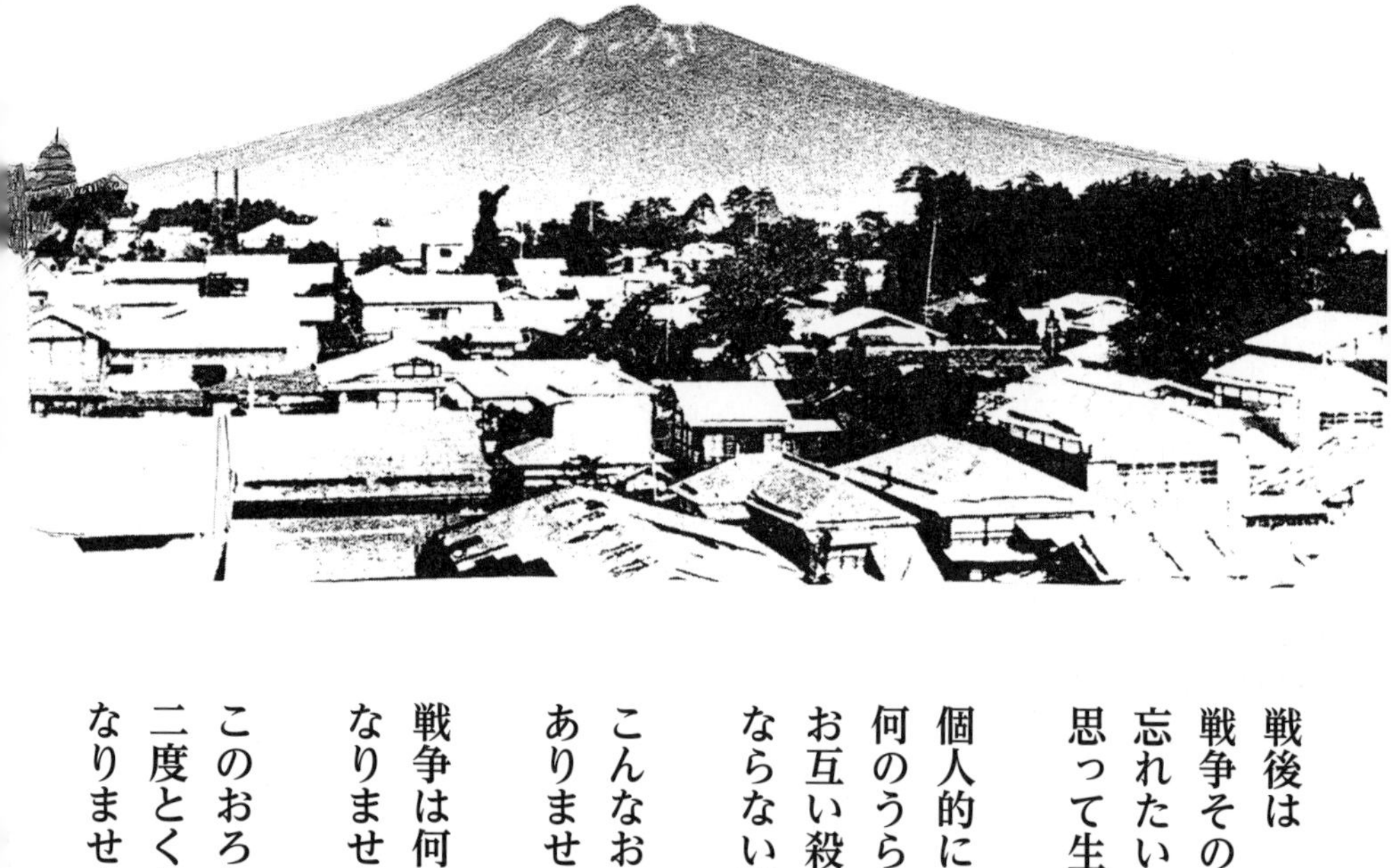

戦後は
戦争そのものを
忘れたい忘れたいと
思って生きてきました。

個人的に相手に
何のうらみもないのに
お互い殺し合わなければ
ならない戦争。

こんなおろかなことは
ありません。

戦争は何の解決にも
なりません。

このおろかなことを
二度とくり返しては
なりません。

そう考えた私は
新しい時代をになう
子どもたちを育てる
仕事に
生きることに
しました。

戦争を体験し
子どもたちの教育の
重要性を
痛感しました。
小学校の校長をしていた
父の影響も
あったのかも
しれません。

1958（昭和33）年
妻と二人のまだ小さい
息子をつれて
岩手県陸前高田に
やってきました。

子どもたちが
楽しく
いきいきと
勉強する
お手伝いをする
ことにしました。

教材販売の会社を
つくりました。

学校に足を
運びましたが
最初はなかなか
相手にして
もらえません。

「おまえのところから
買うような物は
なにもない！」
など、つっけんどんでした。
粘土のつくりかたなど
いろいろ実演してみせると
先生方が振り返り、突然
「それいいなあ。オレの学年
に一つずつ持ってこい！」
と言ってくれました。
驚きました。
教育にも商売にもど素人の私
は、同じ方法であちこちの小
学校、中学校をまわって一歩
ずつ販売を学んでいきました。
やっとのことで先生方が私の
情熱を理解してくださり、
三上教材社がよちよち
歩き出すことができました。

教科書が主食なら
教材は副食物です。
教科書にはない
大切なことを
子どもたちに教えたい、
それが私が教材の仕事をする
大きな目的でした。

そのうち
私が学校に行く日には
子どもたちや先生方が
玄関で待っていて、
私のことを「三上先生」と
呼んでくれるように
なりました。

「三上先生、あなたは
単なる教材販売者
ではなく、強力な
教育協力者な
んです」。

そう言っていただける
ようになりました。
私は全国的な視野で
教育を良くしようとしました。
「陸前高田の三上さん」として、
全国の理事などもつとめました。
若い頃、いろいろわがまま
だったなあと反省し、
世の中にお詫びする
つもりでがんばりました。

テレビや新聞を見ると
子どもや若者の犯罪が
急増し、
それを見ていると
かわいそうで
なりません。

なぜなら、世間は
現象面だけ見て
ああだこうだ
言っているからです。
どうしてそうなったのかが
問題なんです。
言うまでもなく、
家庭のあり方が
最大の理由で
あることを
知ってほしいのです。

幼児期から、
子どもの心を
いためるような
不安定なことが
ないよう、
両親の規律ある
慈悲に満ちた
生活姿勢が大切なんです。

そこに学校・地域の役割が
連動すれば効果絶大。

そういう家庭・学校・
世の中を
つくっていきたいんです。

第三章　再会

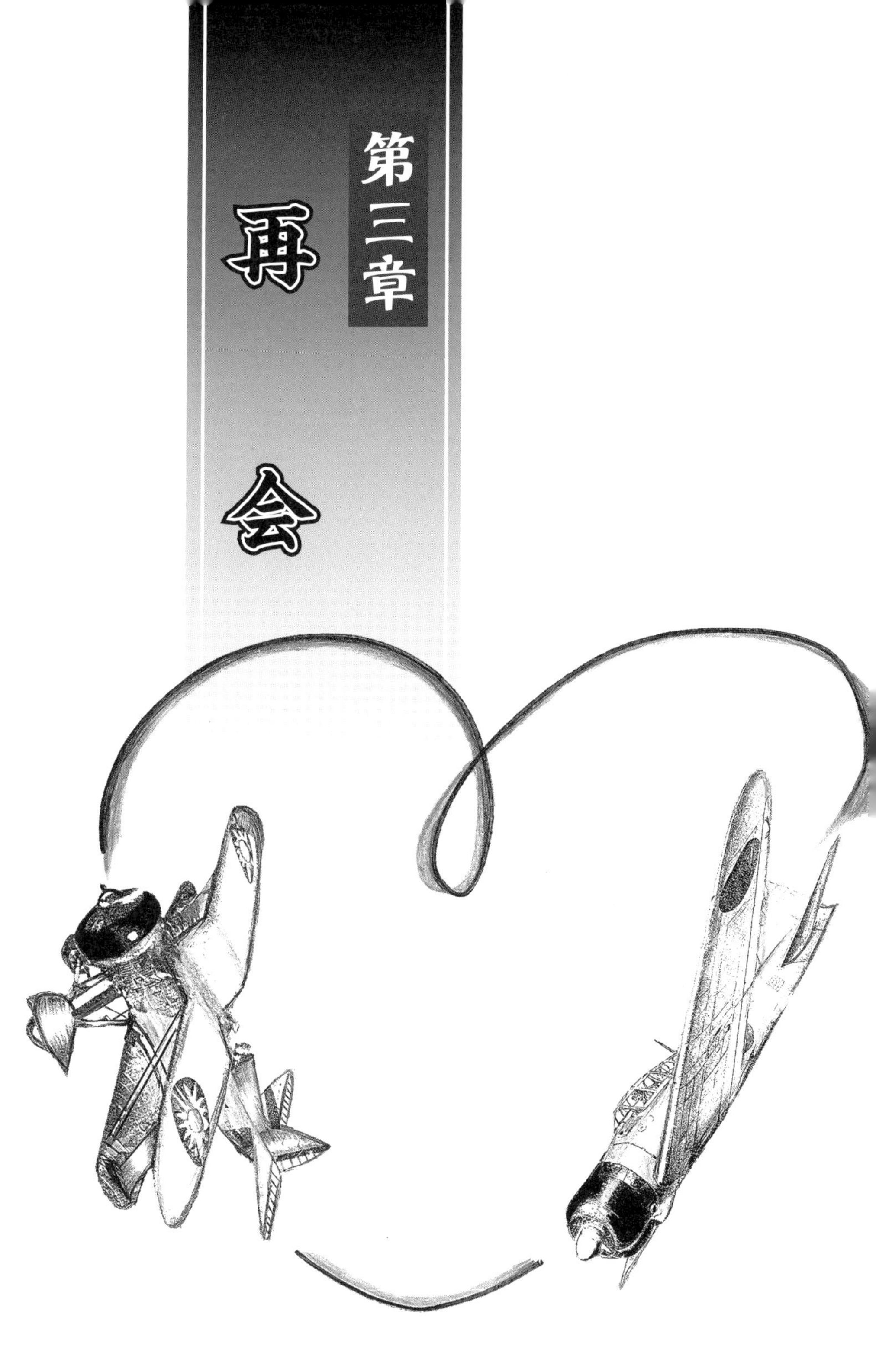

1998（平成10）年
8月15日
私は東京霞ヶ関ビルの
一室で、
58年ぶりの
奇跡的再会を
果たしました。

1940（昭和15）年
9月13日の空中戦。
40分におよぶ激闘の
一番最後の戦いは
私が操縦する零戦と
中国軍複葉機の
一騎討ちでした。

零戦の連射を受け
中国機は白煙・黒煙をはき
墜落していきましたが、
地面激突の寸前、
超絶な操縦で機体を
横すべりさせ
一命をとりとめま
した。

その超技巧操縦者が
58年の時を超え、日本に
やってきたのです。
名前は徐華江（じょかこう）さん。
あの日、命びろいした
徐さんは
その後
台湾空軍の
幹部要職を
歴任、
自分を撃墜した
零戦パイロットを
知りたいと知人に
相談。
陸前高田で
教材販売会社を
経営する
私三上一禧と判明し、
やってきたのです。

重慶で戦った当時、
二人とも
23歳でしたが、
81歳での
再会でした。

背広姿の徐さんは、
はにかみながら
私の手を握り
「やっと
お会いできま
したね。」
と言ってくれました。
私も
「よかった。
本当に…。」
と言ったところで
声をつまらせて
しまいました。

徐さんは
「重慶上空で
戦火を
交えた時は
敵でした。
しかし58年の時を経て
私たちは
素晴らしい
親友になれたのです。
ともに世界平和の
ために
尽くしましょう」。

その様子をテレビで見た
かつての零戦隊長
進藤三郎さんも
思わず
号泣（ごうきゅう）したそうです。

そう語りかけながら
「共維和平」の書を
プレゼントして
くれました。

後日さっそく
その書を私の部屋に
飾りました。

戦争ゆえに
まなじりを
けっして
殺し合う
こんな不幸なことは
ありません。
戦争は人類にとって
最もおろかな行為です。

1999（平成11）年、
今度は
私が台湾に出かけ、
徐さんと再び
会うことができました。

私たちの友情が
さらに
深まったのは
いうまでも
ありません。

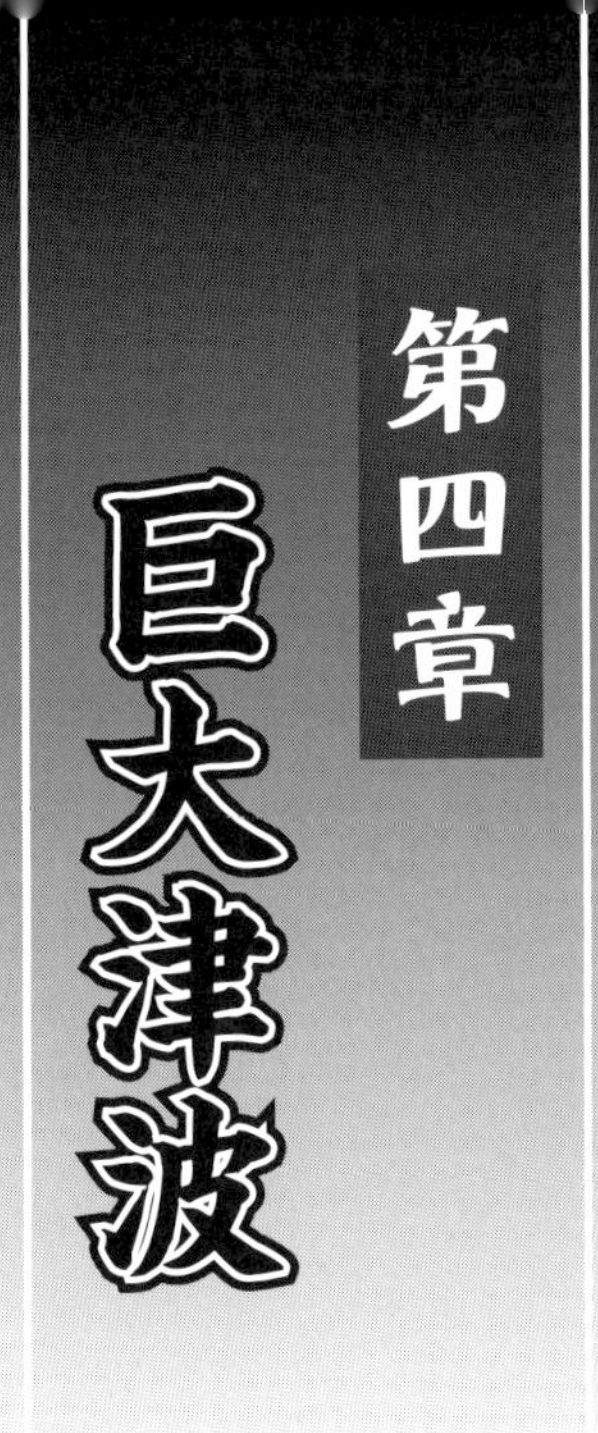

第四章 巨大津波

千年に一度の巨大地震

2011（平成23）年
3月11日14時46分
M9・0
東日本大震災が
発生しました。

これまで経験した
ことのない大地震で
停電となり、
人々は情報を得る
余裕もなく、
津波襲来を
実感できないまま、
予想をはるかに超える
巨大津波に
おそわれました。

陸前高田市でも
市民会館や市民体育館など
避難所の多くが
ほぼ天井まで
水没し、
市街地全域が
壊滅的被害を受け
廃墟と
化しました。

高田病院は4階まで浸水し
27人が亡くなるなど、
市全体で1800人弱の
犠牲者が出ました。

市職員も3分の1にあたる
113人が犠牲に
なりました。

あの日――
私は92歳でしたが、
まだ教材販売会社の社長を
続けていました。
仕事で外出する予定が
あり、高台にある
自宅にいた時
巨大地震に
おそわれました。
言葉にならない
ものすごい揺れでした。
大津波警報の
サイレンがけたたましく
鳴り響き
まもなく
巨大津波が押し寄せ
陸前高田の街を
のみこんでいきました。
津波は**気仙川**(けせんがわ)をさかのぼり 
街も家も激流に
巻き込み、海岸から
遠くはなれた内陸部まで
押し寄せました。
中心部にあった
私の会社も
あっという間に
黒い濁流にのみこまれて
しまいました。
私がいた自宅は
高台にありましたが、
それでも自宅直前まで
津波が押し寄せ、
九死に一生のところで
助かりました。
街も会社も廃墟と
なってしまいましたが
幸い自宅は無事
だったので、
自宅の庭を拠点に
学校再開の
お手伝いができればと
仕事を続けました。
しかし街はがれきの山で
停電も続き、
連絡のしようがなく、

「三上一禧安否（あんぴ）不明、
消息不明」が続いた
ようです。
いろんな人と連絡が
とれたのは数週間
先のことでした。
その間、本当に
たくさんの皆さんから
ご心配を
いただきました。

やっと電話で
話せるようになり
受話器の前に立った時
涙がとめどもなく
流れました。

人ってありがたい
ものです。

私のことを不死鳥と
いう人もいますが、私は
死ぬまでファイティング
ポーズ、常に前進です。
これからも誠実ひと筋、
前を向いてがんばって
いきたいです。

まもなく
あの津波から
10年ですか。
早いもんです。

海や空は
はるか昔から
ずうっと人間を
見ているんです。

人間は戦いや
争いに明け暮れて
ばかりいないで
ウソやでたらめを
許さない
誠実な
人類の歴史を
つくっていって
ほしいです。

エピローグ ～あとがきにかえて～

1964年東京オリンピック！

あの頃、子どもたちにとても人気があったマンガのひとつに**『紫電改のタカ』**があります。

作者は『明日のジョー』などでおなじみの**ちばてつや**さん。

努力の天才パイロット滝城太郎が新鋭戦闘機、紫電改に乗り大活躍をします。しかしたくさんの仲間を失い、戦争の悲惨さを痛感した城太郎は誓いを立てます。

「戦争が終わったら、学校の先生になるんだ！　そして未来を生きる子どもたちに、戦争はぜったいいけないと教えるんだ！」

しかし戦局は悪化。城太郎にも特攻の命令が下り、爆弾を抱いた紫電改で最期の出撃…というストーリーです。

あの天才滝城太郎でさえ果たせなかった夢を現実にしたのが三上一禧さんです。

「零戦無敵神話」の主人公となり、戦後は子どもたちの教育に情熱をそそぎ大活躍を重ねてきました。

ところがどっこい、三上一禧さんのドラマはそれで終わりません。さらに千年に一度の大地震・巨大津波にも立ち向かうという超絶のシナリオ！　103歳の今なおドラマは続いています。

人の生き様はよく「太く短く」とか「細く長く」とか言われますが、三上一禧さんの場合はまちがいなく「太く長く」の人生！　畏るべしです。人に生まれた以上はかくありたいというひとつのモデルです。

「弘前生まれ　陸前高田在住！　奇跡のパイロット　三上一禧さんスゴい！」の一言です！

三上一禧さんが体験を通して語ってくださった「人生をたくましく生きる秘訣」！　ぜひこれからの皆さんの挑戦にいかしていただければ幸いです。

【略　歴】知坂　元（ちさか　げん）

1954年　青森県弘前市生まれ。
弘前高校、弘前大学教育学部を卒業後教職に就き、弘前市立朝陽小学校校長を最後に退職。

1991年　子どもたちに少しでも郷土の歴史を知ってもらいたいと郷土を題材にした漫画の執筆活動に入る。

1994年　4月から1996年1月まで陸奥新報に「卍の城物語」を連載。

1997年　7月　陸奥新報社より「卍の城物語」上下2巻を出版。10月から青森放送ラジオでドラマ化し、2017年まで放送。

1999年　4月から2005年3月まで東奥日報に「ねぶたマンのあおもり探検」を連載。

2002年　活彩あおもり「イメージアップ大賞」特別賞を受賞。

2017年　弘前市文化振興功労章を受章。

著書

『ねぶたマンのあおもり探検—まんがで読む青森県』(2006)路上社
『北の砦！ 高岡城—弘前のお城はだれがつくったの？』(2010)北方新社
『突撃！ 弘前城—もし弘前城に敵が攻めて来たら！』(2011)北方新社
『弘前城 人は石垣　人は城』(2015)北方新社
『卍の惣領主 信建 弘前城を造った男』(2018)北方新社
『激震！ 卍の城—弘前藩 災害の教訓』(2018)路上社　ほか

奇跡のパイロット　～三上一禧「自伝」より～

2020年11月23日　第1刷発行　　（定価は表紙に表示）
2021年2月15日　第2刷発行

著者　知　坂　　元

発行者　安　田　俊　夫
〒036-8361　青森県弘前市紺屋町219
出版・編集・企画　路　上　社
TEL 0172−36−8858　FAX 0172−36−8865
印刷　やまと印刷株式会社

ISBN978-4-89993-087-7 C0023

小社の本は〈地方小出版流通センター〉扱い　全国で注文可能です。